José Espinosa Martínez

PARECÍA UNA
DIOSA GRIEGA

alfaqueque
ediciones

Colección ACEBUCHE
2025

«Parecía una diosa griega»
© José Espinosa Martínez, 2025
© Alfaqueque Ediciones, 2025
Apartado de correos, 68
30530 Cieza, Murcia, España.

http://www.alfaqueque.es

Primera edición: mayo de 2025

IBIC: FA
ISBN: 978 84 1129805 2 3
Depósito legal: MU 587-2025

Printed in Spain - Impreso en España

La editorial es consciente de la necesidad de los recursos naturales
para consumir cultura y de la colaboración en la conservación del
medio ambiente. Así pues, por la impresión de este libro,
ha plantado un ciprés (Cupressus sempervirens)
en el paraje de El Horno de Cieza (Murcia)

Índice

1. El tormento de papá 11

2. Duele decirlo 21

3. La disculpa 31

4. Ernesto Valladares 41

5. El partido 61

6. El entierro prematuro 79

7. El viaje a París 87

8. Tenía motivos 113

9. El Lorena 123

10. Parecía una diosa griega 135

11. Llegué a preocuparme por Julián 155

12. Víctor está con Susana 169

13. El silencio de Efrén 185

14. Temí lo peor 197

15. Mi primer día de clase 209

Esta humilde historia es para ti,
para ese joven sin nombre
que un día observé durante el recreo
en el patio de un vetusto instituto,
solo y triste, porque nadie quería compartir con él
ese intervalo de juegos y regocijo.

Todo está perdido cuando los malos sirven
de ejemplo, y los buenos, de mofa.

Demócrates

En los Estados Unidos, hasta la derrota de la Confederación, en 1865, era ilegal en numerosos estados del sur que los esclavos aprendieran a leer o a escribir, y los siervos capaces de hacerlo eran considerados una amenaza para la continuidad del sistema esclavista. Daniel Doc Dowdy, un hombre negro que nació siendo esclavo en 1856, describió los terribles castigos reservados a los infractores de esa ley: «La primera vez que te pillaban tratando de leer o escribir te azotaban con una correa de cuero, la segunda con un látigo de siete colas y la tercera te cortaban la primera falange del dedo índice». A pesar de todo, algunos esclavos analfabetos se empeñaron en aprender a leer, desafiando a sus amos y arriesgando la vida.*

* Este párrafo ha sido extraído de la obra de Irene Vallejo, *El infinito en un junco*. En ella nos habla del amor por los libros y de los riesgos que muchos han asumido a lo largo de la historia para preservarlos de la destrucción o el olvido.

1

El tormento de papá

Todo dio comienzo cuando me sugirió abandonar las reposadas aguas del Mar Menor y adentrarnos con El Lorena en el Mediterráneo. La convicción con la que afrontaba esos emocionantes días no le permitieron advertir mi aterrorizado gesto ante lo que en ese momento llegué a calificar como una más que atrevida proposición.

Mi nombre es Raúl y mi vida no comenzó precisamente bien, pues Lorena, mi madre, murió a las pocas horas de nacer yo a consecuencia de las graves complicaciones surgidas durante el parto. Tiempo después me percaté que conmigo a mi padre le había tocado el gordo de la Lotería, con el número de la serie incluido. Desde entonces y siendo conocedor de la rémora que representaba y representaría para él mi cuidado, además tendría que soportar mi caprichosa forma de ser, pese a haberme sentido amado y protegido hasta el límite.

A Víctor, mi padre, le apasionaban los barcos y el mar, a mí no especialmente, aunque siempre que me lo proponía lo acompañaba. Nunca le hablé de mi desagrado hacia el mar. Su máxima ilusión era llegar en un futuro no muy lejano a participar en alguna competición de alto nivel, para ello se machacaba en el gimnasio cuando disponía de tiempo libre. Y un día se lo dije con toda naturalidad, mientras veíamos a través de la pantalla de nuestro amplio televisor una disputada regata de veleros.

—Menudo tormento que te ha caído. Viudo, solo, condenado a pelear a perpetuidad con un ser de aspecto poco o nada favorecedor y con no pocas limitaciones físicas. De carácter tímido hasta el extremo, y como consecuencia de ello, demasiado encerrado en su mundo y que lo más probable es que te ocasionará todo tipo de problemas y sinsabores.

—Nada de eso se ajusta a la realidad. Tengo un hijo maravilloso, al que amo más que a mi propia vida. También varios amigos que me aprecian y tenemos *El Lorena,* un barco marinero con el que juntos disfrutamos a tope cada domingo.

Lo cierto es que el conocimiento sobre mi posible rareza llegaría a extenderse entre familiares y amigos, vecinos, años después también en el centro escolar en el que asistía a clase. Sospechaban que al pobre Raúl Soto Martínez tal vez le podría acosar algún tipo de enfermedad de las denominadas raras. Según la opinión de alguno de ellos, poseía el dudoso honor de pertenecer al selecto club de los tildados de raritos.

Semanas después de esa conversación surgió la noticia cuando Rodrigo Alpuente, un viejo amigo de mi padre, le comunicó que uno de los tripulantes de la regata, que se desarrollaría en aguas del Mediterráneo, había sufrido una grave fractura de peroné que no le permitiría recuperase a tiempo para participar en esa atractiva prueba náutica.

La explosión de júbilo de éste fue extraordinaria, llegando a estrecharme contra su agitado pecho mientras me contaba eufórico la noticia. Instantes después me vi sorprendido al contemplar su rostro cariacontecido. Ignoraba la raíz de ese drástico cambio, la razón oculta de su evidente desazón. Ante mi reiterada insistencia me confesó entristecido la causa.

—No iré, *Tormento*, no podré soportar tantos días alejado de ti.

Era, según él, lo único en su vida que merecía ser calificado de relevante y no se privaría de nuestras navegaciones cada domingo, no renunciaría a ellas pasara lo que pasara.

—Sé que eres un tormento y que jamás me libraré de ti.

Era su tormento favorito, por el que daría todo lo que poseía, hasta incluso la propia vida si fuera preciso.

No supo burlar la emoción mientras balbucía esas afectadas palabras. Estuve a punto de derramar algunas lágrimas, aunque al final conseguí eludirlas.

Intenté convencerlo que durante su ausencia estaría bien, que mi tío Luis, hermano de mi difunta madre, me cuidaría tanto o más que él. Estaba al corriente de sus deseos, ya expresados durante nuestras singladuras, cuando nos dejábamos llevar con el viento de popa impulsando *El Lorena*. Y logré que comprendiera que esa era su oportunidad, con toda probabilidad la única que le sería brindada en la vida. Aceptó mi propuesta, no sin antes reiterarme su pesar por el forzado distanciamiento que esa decisión inevitablemente iba a ocasionar entre ambos.

Para ese acontecimiento aún faltaban varios meses. Se celebraría en la primera semana de julio, y destinó todo su empeño, toda la ilusión que sea posible imaginar, para prepararse y acometer con las máximas garantías de éxito ese atractivo e ilusionante proyecto. Pero algo sucedería, algo que ni él ni yo podríamos prever en esos instantes. Acontecería durante una de esas jornadas de entrenamiento exhaustivo a las que siempre me solicitaba que lo acompañara.

Todo dio comienzo cuando me sugirió abandonar las reposadas aguas del Mar Menor y adentrarnos con *El Lorena* en el Mediterráneo. La convicción con la que afrontaba esos emocionantes días no le permitieron advertir mi aterrorizado gesto ante lo que en ese momento llegué a calificar como una más que atrevida proposición.

Apenas dos horas después de intensa navegación, observamos algo que no le gustó, que llegó realmente a preocuparlo.

—El chaleco, *Tormento*. Debes ponerte el chaleco salvavidas. El aspecto del cielo no me gusta nada, presagia la inminente compañía de tormenta y además me temo que podría ser de las «buenas».

Nos encontrábamos alejados de la costa, por lo que no conseguiríamos evitar sus más que predecibles efectos.

—Enfúndate el chaleco y, sin perder ni un segundo, pon rumbo a puerto.

Atendí con presteza sus razonados argumentos, pues la tormenta ya se había hecho presente: la lluvia arreciaba con fuerza y el viento azotaba nuestro barco poniendo en serio riesgo su ya entonces precaria estabilidad. Nos encontrábamos empapados, aterrorizados ante una situación que jamás habíamos vivido. Y descuidé lo fundamental, lo más importante del protocolo establecido para estos casos, olvidé amarrarme a la embarcación.

Ese grave error nos pondría al borde del abismo, en realidad de la muerte, cuando al verme caer al mar, arrastrado por una sucesión de traicioneras olas, se lanzó sin pensarlo en mi rescate. Con su imprudente comportamiento puso la vida de ambos en serio peligro, ya que el encargado del timón jamás debe abandonarlo. En esa ocasión, mientras intentábamos regresar al barco, no me llamó por mi apodo, tampoco por mi nombre de pila, me nombró por la relación de parentesco que nos unía.

—Hijo, lo hemos conseguido.

Me dijo cuando ya estábamos a salvo, en el camarote, al tiempo que con una toalla frotaba con fuerza mi aterido cuerpo con la intención de intentar aliviar lo antes posible mi más que evidente tiritona.

Y de nuevo lo vi llorar al expresarme su gran pesar por lo sucedido, sobre todo por lo que podría haber sucedido.

—Nunca me lo perdonaría, *Tormento*. No sabría vivir sin ti, sin tu alegría y tus constantes muestras de bondad y afecto.

Este inesperado incidente ocasionaría un nuevo conflicto; Víctor ya le había comunicado a Rodrigo su firme intención de renunciar a participar en la regata, no se veía con los suficientes ánimos después de lo ocurrido.

—Irás, claro que irás. Estás equivocado, ya me conoces y sabes de sobra que me harías infeliz, sentirme mal, al pensar que vas a desaprovechar algo que sé te hará enormemente dichoso.

Debía olvidarse de mí por un tiempo y disfrutar de la vida que tan solo tenemos una, y además con fecha de caducidad.

—Lorena te estará observando y se sentirá contenta al ver que gozas de esa extraordinaria aventura, de esa tal vez única oportunidad.

El tiempo pasó deprisa, tanto, que a veces tenía la sensación que ese trepidante transcurrir de los días, de las semanas y los meses, me impedía disfrutarlo como quisiera. Me aferraba a la posibilidad de que él haría todo lo que estuviera en su mano para que me fuera todo lo provechoso posible, para que gozara de él hasta el límite.

—*Tormento*, ha llegado el momento. El próximo domingo comenzará la regata que, como sabes, se prolongará por espacio de una semana.

Todo estaba preparado, apenas faltan algunos flecos por solventar, una pieza que les creaba algún recelo y que al final habían decidido sustituir y que le llegaría a la mañana siguiente en un vuelo procedente de Holanda.

—Tu tío Luis me ha asegurado que conseguirá estar a tiempo para acompañarte en el instante de la partida que, salvo algún retraso puntual, se producirá a las doce del mediodía en punto.

—Estaré en el puerto, con el tío Luis o sin él, de eso no tengas duda. No me lo perdería ni por todo el oro del mundo. No seas bobo y no distraigas tu mente pensando en mí, céntrate en la competición e intentad ganarla si os es posible.

El día amaneció espléndido, como correspondía a la estación en la que nos encontrábamos. Y era espectacular observar el muelle con todos aquellos veleros atracados en él aguardando el ansiado momento de la partida. Nada de lo que ocurriría con posterioridad sería ni siquiera imaginado por Víctor. Rodrigo Alpuente, aquel que le ofreció participar, a la postre mi cómplice, se mostraría determinante en la consecución de ese anhelado objetivo.

Las embarcaciones navegaban lentamente hacia la línea de salida, y debíamos, Rodrigo y yo, actuar con rapidez. Embarcamos en una lancha, que con celeridad nos trasladó hasta ese punto ya predeterminado y con disimulo, ayudado por mi fiel aliado, logré introducirme en el interior del *Aventajado*. Los atinados consejos de éste evitaron que se malograra esa audaz iniciativa.

Sería por la tarde cuando, consumidas varias horas de excitante navegación, con incontables millas dejadas atrás por la popa, me presentaría ante él, ante un desconcertado Víctor. Rodrigo Alpuente haría de interlocutor. Él velaría en todo momento para que ese instante se revelara mágico e inolvidable para ambos, aunque en algún momento llegué a temer que las continuas oscilaciones de la embarcación provocarían que echara por la borda la totalidad del desayuno.

—Colega, tenemos un problema —comenzó a decir con un gesto que intentaba aparentar preocupación y desconcierto al mismo tiempo—. Llevamos a bordo a un polizón. Todavía desconozco cómo, pero se nos ha colado. ¿Qué podemos hacer? No podemos arrojarlo al mar. Ha confesado que te conoce, que se llama, eso al menos me ha parecido escuchar, *Tormento*.

—Este hijo mío jamás deja de sorprenderme. A pesar de sus graves dificultades es valiente y decidido, nunca se acobarda. Sin duda debo ser el padre más afortunado del mundo.

No conseguimos ninguno de los premios en liza, que no era en absoluto lo que más nos importaba. Solo deseábamos saborear esos días al máximo, no perdernos nada que nos resultara reconfortante. Las arribadas a puerto, al atardecer, nos parecieron extraordinariamente bellas, el sol ocultándose por el horizonte, engullido sin remedio por el mar, una postal de singular hermosura.

Tal vez nada de lo que sucedía en mi vida debería ser calificado de relevante, y es probable que la mayoría no lo juzgara ni siquiera de normal. Yo sí creía notable lo que me ocurría, aunque pareciera pretencioso por mi parte juzgarlo de ese modo.

Cuando ellos me observaban como si fuera un bicho raro, poco menos que como un alienígena tele trasportado desde del espacio exterior, me refugiaba en los recuerdos de aquellos maravillosos días. También en aquella noche en la que recibí su inesperada visita en mi habitación y conversamos de nuestras cosas con sinceridad y emoción por un espacio no menor de dos horas.

Guardo en mi memoria lo más importante de esa semana, que fueron las horas disfrutadas junto a él. Debía esforzarme, retomar mis estudios, el bachillerato estaba a la vuelta de la esquina y sería difícil para mí, complicado para un ser al que en un momento determinado le hicieron creer que había nacido perjudicado.

Mis por entonces compañeros de curso, Alberto Aguilera y Julián Solano, que eran los únicos a los que podría otorgarles la consideración de amigos, me decían que lo conseguiría, que no habían conocido jamás a un ser tan obstinado como yo.

Por mí no iba a quedar. Debía labrarme mi propio futuro, evitarle a Víctor Soto Salgado la suprema incertidumbre de lo que sucedería con mi vida cuando él no estuviera, cuando ya no le estuviera permitido cubrirme con el manto protector de su inconmensurable amor.

2

Duele decirlo

Don Agustín Rocamora Pastejón presentaba un aspecto recio, un amplio bigote ya cano, que cubría la totalidad de su labio superior, fino como la abertura de un sobre, pobladas cejas y nariz de boxeador retirado.

Han transcurrido ya unos cuantos años desde la etapa en la que debí afrontar el difícil bachiller, pues hace escasos días he celebrado mi treinta cumpleaños. Y desde esta relativa madurez contaré cómo conseguí llegar a ser maestro de educación infantil en Cartagena, mi ciudad.

El trayecto no fue fácil, las dificultades que tuve que sortear hasta lograr este anhelado objetivo fueron numerosas y sobre todo duras, a veces muy duras. En ocasiones me vi acorralado por la desconfianza, apesadumbrado al no comprender el comportamiento hacia mí de aquellos que se autodenominan personas. Nada sencillo para un ser que no nació adornado de excelsas virtudes, al que varios de mis compañeros de curso calificaron sin pudor como un ser al menos apocado. En parte, creo yo, como consecuencia de la relación que mantenía con Víctor que algunos no dudaron en calificar de perjudicial e incluso tóxica.

Mi padre se esmeraba para que no quedara defraudado cada vez que cumplía años. Y una vez más lo consiguió. En tan especial acontecimiento estuve acompañado de mis amigos. También tuve la fortuna de contar con la presencia de mi tío Luis, que jamás se había ausentado a ni uno solo de mis aniversarios. Rodrigo Alpuente, amigo y compañero perpetuo de mi padre en las regatas, tampoco quiso perderse esa festiva jornada. Mi casa no es que fuera amplia en exceso, aunque si confortable y acogedora, nos las arreglamos bien y en todo momento nos sentimos cómodos y felices.

Mi normalidad se vería alterada por un inesperado suceso que le ocasionaría a Víctor un gran disgusto. Al parecer el director del instituto, en el que había decidido cursar el bachillerato, fue informado de mi posible condición de raro y una vez estudiada con esmerada atención mi solicitud de ingreso requirió su presencia en su despacho.

Habíamos hablado sobre este controvertido asunto, sobre si me merecería la pena insistir en ese empeño, que la vida ya se había mostrado demasiado dura conmigo a pesar de ser tan solo un adolescente todavía imberbe y poco baqueteado. Le respondí que mi determinación de cursar el bachillerato era una decisión madurada, sin posibilidad alguna de dar marcha a atrás. Me sentía capaz e ilusionado con lo que sería, en eso le daba la razón, un arduo y complicado reto para mí.

—¿Estás seguro de lo que vas a emprender? Debes tener claro que quizás no lo consigas y no me perdonaría verte sufrir por una estúpida obcecación por tu parte.

—Tranquilo, papá. Como te decía lo he pensado, meditado hasta la saciedad, y creo que lo lograré.

—Es que me dolería en el alma ver a mi hijo desilusionado, incapaz, por esa desgraciada circunstancia, de iniciar un proyecto un poco más asequible y por lo tanto factible.

—Ilusión no me falta. El desafío es importante, las posibilidades de fracasar numerosas, pero creo que podré conseguirlo.

No debía preocuparse, pues también me sentía preparado para afrontar el más que probable fracaso.

El día había amanecido gris, y al desagradable viento que con virulencia nos azotaba el rostro, se le había unido una ligera y persistente lluvia. Esa desapacible climatología en absoluto alteró mi positivo estado de ánimo y con paso firme nos dirigimos hacia el despacho del director del centro en el que había sido convocado. Mantuvimos una dura controversia, todavía estábamos a tiempo, me apuntó Víctor.

Durante el recorrido, intentaba hacerme ver que solo había sido citado él, que mi presencia en esa reunión podría resultar contraproducente para mis intereses. La presunción de posibles problemas fue precisamente la me hizo decantarme por la opción de acompañarlo. Acerté de pleno, como minutos después tuve oportunidad de comprobar.

Don Agustín Rocamora Pastejón presentaba un aspecto recio, un amplio bigote ya cano, que cubría la totalidad de su labio superior, fino como la abertura de un sobre, pobladas cejas y nariz de boxeador retirado. Su espalda parecía muy alargada en relación con sus extremidades inferiores que, en un primer vistazo, consideré demasiado cortas, por lo que proyectaba una imagen sin duda chocante, en alguna medida cómica. Su escrutadora mirada, nada más verme entrar, me hizo presagiar que tendríamos las dificultades ya intuidas por mi padre. Con un gesto tosco y mecánico, sin apenas mirarnos, nos indicó que tomáramos asiento.

Las primeras palabras se las dedicó a Víctor, al que le expresó su extrañeza ante mi presencia en una reunión en la que tan solo él había sido emplazado. Ocupaba un despacho frío e impersonal, dotado del habitual mobiliario de oficina, mesa de amplias dimensiones y dos sillas tapizadas en piel de color verde aceituna, a juego con su propio sillón que, éste sí, le debía proporcionar cierto nivel de confort.

También observé varias fotografías colgadas en la pared de eventos relacionados con actividades ya realizadas con anterioridad en el centro, y las cortinas que cubrían los ventanales, de lamas graduables, eran los únicos elementos decorativos, si es acertado denominarlos de ese modo. El único aporte personal era un portarretratos plateado con una foto sobre la mesa de su despacho y en la que solo aparecía una señora de mediana edad, por lo que supuse que carecería de descendencia.

—Duele decirlo, créame que lo siento —comenzó a decir empleando un tono pausado, tal y como si masticara las palabras—, pero opino que en ocasiones como la que nos ocupa es preferible resultar herido por la verdad que consolarse con la mentira que, más temprano que tarde, nos estallará en la cara.

Prosiguió diciendo que él sabría la razón por la que había decidido acudir a su llamada acompañado por su hijo.

—Si quisiera comentarle que, para su tranquilidad, en todo momento seremos justos. Raúl por descontado que lo merece, aunque le puedo asegurar que su particularidad o las posibles limitaciones que pudiera evidenciar durante el transcurso de sus estudios no le reportarán en ningún caso privilegio alguno.

Fue entonces cuando le escupió que debería plantearse que probablemente yo impidiera que otro alumno, con más posibilidades de éxito, pudiera cursar sus estudios en ese acreditado centro.

—Como usted sabrá somos una institución de enorme prestigio en la ciudad, con más demandantes que plazas, e insisto, debería valorar mis argumentos antes de adoptar una decisión definitiva. Institutos hay todos los que quiera, eso no hace falta que se lo diga, y por lo tanto las opciones que tiene a su disposición el chaval son numerosas.

—Le pido eso, tan solo eso, que sean justos. Y le adelanto que le exigiré que lo sea o de lo contrario se las tendrá que ver conmigo.

Le aseguró que, de no cumplir con lo comprometido, actuaría de manera distinta, no tan amable y comprensiva.

Yo cumpliría con mi parte, de eso no debía tener la menor duda.

Le añadiría que era un experto en arruinar ilusiones y que, si se hubiera molestado en leer mi expediente académico, se habría percatado que mis calificaciones, siempre modestas, si bien conseguidas con un descomunal esfuerzo, me otorgaban al menos el derecho de poder intentarlo.

Por esa razón esperaba que cuando regresara a casa, en la soledad de su cuarto, reflexionara sobre su modo de actuar. Jamás debería haberse expresado de esa manera tan desdeñosa y despiadada conmigo presente o no.

—Conoce a la perfección que Raúl, a causa de su digamos peculiaridad, habrá padecido en ocasiones las burlas, el rechazo e incluso el acoso de otros.

Siendo profesional de la enseñanza no ignoraba la crueldad de algunos niños.

—Sabe, sin necesidad de haberlo presenciado que durante su periodo escolar ha tenido que superar las graves dificultades que le suponían los estudios. Además, y esto es lo más grave, sufrir el escarnio de seres que como usted desconocen por completo el significado de la palabra compasión.

No debería olvidarlo. Vendría a por él si no se comportaba conmigo de forma adecuada, con justicia, como corresponde a una persona que ejercía nada más y nada menos que la altísima responsabilidad de educar y formar a adolescentes.

—Qué pena, don Agustín, es usted el vivo exponente de lo que no debería ser jamás un trabajador de la enseñanza. Créame que con su infame comportamiento desprestigia a esta noble y sacrificada profesión.

Durante el tiempo invertido de regreso hacia donde habíamos dejado estacionado nuestro viejo Volkswagen, no articulamos palabra alguna, ni tan siquiera intercambiamos una sola mirada. Quizá intuía que me encontraría mal, afectado por las desalentadoras palabras del director, pues nos dolió más la forma, fría y altanera, que el fondo, pero se equivocaba. Una vez en casa, se limitó a preguntarme lo que deseaba comer y fue por la noche, ya concluida la cena, cuando mirando en mis ojos se dirigió a mí:

—*Tormento*, apaga el televisor y toma asiento a mi lado. He dejado pasar todo este tiempo con la única intención de calmarme y no decir algún disparate. Tu presencia en esa reunión, debes creerme, ha evitado males mayores.

No debía tener dudas, de haberse encontrado solo le habría partido la cara a ese estúpido mamarracho.

—No es razonable que a un individuo de esa calaña le esté permitido dirigir nada menos que un centro educativo. Todavía me cuesta creer lo que nos hemos visto obligados a escuchar de labios de esa rata de cloaca, de ese ser insensible y endemoniado.

Añadió que yo tenía la última palabra, quien debía decidir si deseaba cursar mis estudios en ese lugar.

—Todavía me planteo, créeme que no lo descarto, la posibilidad de poner una denuncia ante las autoridades educativas.

—Me han dicho que es el mejor al que podría aspirar y al fin y al cabo solo es el director, un personajillo que tan solo pretendía dejarnos bien claro lo importante que es.

Con los que sí tendría que pelear cada día sería con los profesores que me correspondieran, en realidad él nada podía hacer para evitar que fuera aceptado.

Con respecto a la posibilidad de que sus lamentables palabras hubieran hecho mella en mí, le dije que el efecto había sido el contrario.

Asistiría a clase a diario, me esforzaría al máximo hasta conseguir mis objetivos, que en absoluto concluirán con la obtención del título de bachiller.

—Tengo asumido que me costará más que a mis compañeros, sin duda mucho más, pero por falta de ganas no va a quedar.

Se sorprendió ante la contundencia de mi respuesta. Sin embargo, preferí no dar más explicaciones y guardar para mí los ambiciosos planes que, durante el transcurso de interminables noches de desvelo, amparado por la oscuridad de mi cuarto, había concebido para mi futuro. Planes que habían tomado un gran impulso cuando, hojeando un periódico local, me topé con una noticia que no ocupaba más allá de un recuadro de tres por tres centímetros. En ella pude leer que un joven de nacionalidad italiana, afectado por síndrome de Down, había conseguido una beca Erasmus para cursar tercero de Magisterio en nuestro país.

Ese era el objetivo final, mi prioridad absoluta de cara a la obtención del mejor porvenir posible. ¿Para qué cursar estudios de bachillerato? No tenía ningún sentido, de no ir éstos encaminados a la consecución de una meta mayor que me exigiría ese exigente esfuerzo previo.

Ese era el reto. Estudiar lo mismo que ese chico, impartir clase a los más pequeños, por los que sentía y aún siento especial debilidad. Creí oportuno no adelantarle nada, no originarle más incertidumbres de las que ya debería poseer en esos momentos. Por esa causa decidí mantener un cauto silencio. Recuerdo que, ya superada mi etapa en el instituto, entonces sí, le conté mi firme decisión de dedicarme en cuerpo y alma a la enseñanza. En ese instante se mostró visiblemente emocionado ante la extraordinaria posibilidad de ver a su hijo, su único y querido hijo, a su «tormento» como me solía llamar, realizando la difícil e ilusionante labor de educar a unos niños, a mis futuros alumnos.

Fue gracioso, muy emotivo, cuando obtenido el acariciado título de profesor, me preguntó sobre la conveniencia de continuar llamándome tal y como lo venía haciendo desde que mi memoria me permitía recordar. Rebusqué en sus ojos, él me sostuvo la mirada durante unos tensos segundos, y para que no le quedara espacio para la duda lo abracé con fuerza, con toda la fuerza y emoción de la que fui capaz en esos conmovedores e inolvidables instantes.

—Ya te lo dije en alguna ocasión. Fue, si la memoria no me falla, hace ya algunos años, cuando tan solo era un mocoso. Pronostiqué que sería un estorbo para ti durante toda tu existencia. Me respondiste que sí, que quizás lo fuera, pero en cualquier caso un tormento maravilloso, al que amabas más que a tu propia vida.

Siempre sería su *Tormento* y no respondería a sus llamadas como no fuera nombrado de ese peculiar modo.

3

La disculpa

Con don Agustín, el director, me crucé en un par
de ocasiones por amplio corredor principal del cen-
tro. Me devolvió el saludo con menor sequedad de lo
que era habitual en su áspero modo de relacionarse
con sus semejantes, a los que probablemente, al me-
nos en un alto porcentaje, debía considerar tan solo
un mal necesario.

El instituto donde desarrollaría mis estudios de bachillerato estaba ubicado en una de las zonas de mayor vitalidad social de la ciudad donde resido desde el primigenio instante de mi nacimiento. Varios de los más prestigiosos centros escolares del municipio se hallaban en sus inmediaciones, espacios educativos donde los hijos de lo más granado de la sociedad cartagenera habían cursado sus estudios durante décadas. Tuvimos la oportunidad de trasladarnos a otro lugar de residencia, pero mi padre desechó la proposición ofrecida por la empresa en la que trabajaba, a pesar de que la oferta de aumento salarial y posibles promociones laborales eran sustancialmente mejores.

Cartagena poseía un sobresaliente núcleo histórico de no excesivas dimensiones, que permitía y permite su cómodo y apacible recorrido y era el lugar, según nuestros particulares gustos, ideal para vivir. En los inicios de los años noventa sufrió con descarnada virulencia los últimos coletazos de la reconversión industrial, llevada a cabo en el resto del país con varios años de antelación. Y esa nueva situación arrojó al desempleo a miles de empleados, a la penuria económica a numerosas familias, y sumergió a sus habitantes en la desesperanza ante un futuro que se preveía preñado de problemas o como mínimo incierto.

Mi incorporación al instituto se produjo con absoluta naturalidad, apreciando, en poco tiempo, el carácter y capacidad de mis profesores. Había de todo, por otro lado, lo esperable, y mi relación con un alto porcentaje de ellos se desarrolló dentro de los parámetros de lo que podíamos denominar la normalidad. Pudieron comprobar que mi objetivo no era entorpecer su en ocasiones ingrato cometido, crearles problemas añadidos a los intuidos en un aula que acogía a una treintena de inquietos adolescentes, algunos de ellos con escaso o nulo entusiasmo por las materias que debían estudiar y en ocasiones con demasiadas ganas de importunar y armar gresca.

No se demoraron en exceso en advertirlo, si bien debo reconocer que yo también puse todo de mi parte, que Raúl Soto Martínez jamás les ocasionaría ningún tipo de conflicto. Escuchaba con atención sus explicaciones, que con escrupulosa puntualidad presentaba los trabajos previamente solicitados, siempre con extremada pulcritud. Conocían cual era mi prioridad que no era otra que la de aprovechar el tiempo al máximo y acabar el bachillerato en el menor plazo posible, con las mejores notas que pudiera conseguir obtener.

Solo recuerdo ciertas tiranteces iniciales con el profesor responsable de la asignatura de gimnasia, que por lo visto no sabía qué hacer con un tipo tan peculiar como yo. Argumentaba que al no haber presentado documento alguno que acreditara algún tipo de déficit o minusvalía, estaba obligado a darla y él a evaluarme como a cualquier otro alumno de su clase.

Don Matías Cazorla Carrilero, que no era de los más capaces por lo que recuerdo, era poseedor de un cuerpo atlético y bien conformado, de apreciable estatura y que aún mantenía la totalidad de su cabello, ondulado y negro, apodado *El tintado*. Se contentaba con que sus alumnos repitieran una vez tras otra una establecida tabla de ejercicios. Era obligado realizar el salto del potro y también el por aquella época temido plinto.

Este endemoniado artefacto hacía las delicias de algunos sin embargo a otros, entre los que es sencillo imaginar me encontraba yo, nos suponía un auténtico suplicio. También a aquellos que soportaban exceso de peso, debilidad física o que temían quedar en ridículo ante unos compañeros que aguardaban excitados su más que previsible y estrepitoso fracaso. La clase concluía, sí o sí, con un partidillo de baloncesto, reservado para los considerados más dotados y otro de fútbol para los de mediana capacidad y un par de lánguidas carreras alrededor del campo para el resto. Víctor me ofreció la posibilidad de presentar un certificado médico que me exonerara de esa odiosa práctica, pero opté por descartarla y decidí afrontar ese nuevo obstáculo de otro modo, a mi manera.

—Créame don Matías que en absoluto soy una persona obstinada. Tan solo pretendo participar en sus clases de gimnasia hasta donde mis facultades físicas me lo permitan, que con echarme un simple vistazo está más que claro que son bastante limitadas.

Le ofrecía, si le parecía oportuno, ejercer como su ayudante en la tarea de entrenador del equipo de baloncesto.

—Soy un gran aficionado, sigo con regularidad la liga ACB y cuando me es posible algún partido que otro de la NBA.

Conocía a jugadores, algo de estrategia, y de esa labor me podría encargar.

Añadiría que en lo relacionado con la teoría iba bien, que mis notas parciales por lo general eran buenas, por lo que no veía ningún inconveniente que impidiera que nos entendiéramos.

—Todo eso me parece bien, pero, por si no te has percatado, el que decide aquí soy yo, únicamente yo.

A pesar de esa inicial reticencia, mi proposición le pareció interesante y se comprometió a estudiarla.

—No se arrepentirá. Si al final decide aceptar mi ofrecimiento le seguro que no se arrepentirá.

Si mostraba verdadero interés como ayudante de baloncesto, puede que hasta se lo llegara a plantear. Debía continuar aplicándome en el estudio de la teoría y todo iría bien.

Que sencillo es en ocasiones resolver lo que en apariencia podría resultar un enrevesado conflicto. Deseaba ser, hasta donde me estuviera permitido, igual que los demás, no emplear un instrumento que podría utilizar cuando me conviniera. Se trataba de facilitarle la solución sin que se percatara de ello, sin poner en ningún instante en entredicho su autoridad.

Ese era el objetivo, y de ese modo lo entendió don Matías que tal vez pensó que le podría ser útil para descargarle parte de su trabajo. Y no tuve problemas con él. A través de la estrecha relación que llegamos a mantener mientras dirigíamos al equipo de baloncesto, aunque creyera que en realidad todo dependía de él, conseguimos un estimable clima de cordialidad e incluso me atrevería a decir que de camaradería y estrecha amistad.

Todo se desarrollaba conforme a lo planeado, y me sentía feliz por ello.

Con don Agustín, el director, me cruce en un par de ocasiones por el amplio corredor principal del centro. Me devolvió el saludo con menor sequedad de lo que era habitual en su áspero modo de relacionarse con sus semejantes, a los que, con toda probabilidad, al menos en un estimable porcentaje, debía considerar tan solo un mal necesario. La sorpresa se produjo cuando, próximos a concluir el primer trimestre, requirió de mi presencia en su luminoso y sobrio despacho.

Atendí su solicitud, llevada a cabo por Ceferino, uno de los conserjes del centro, al que no volveré a mencionar por ser la antítesis de lo que debería aspirar un ser que desea ser calificado como persona; un pobre hombre cuya única obsesión era contentar en todo instante y circunstancia a su idolatrado director. Durante el transcurso del monólogo, ya que solo habló él, pude confirmar su deseo de poner de manifiesto quien ostentaba la máxima autoridad. Percibí al menos la sincera pretensión de agradar al que creía haber ofendido innecesariamente y con especial gravedad hacía apenas tres meses.

—Me ha llegado a través de tus profesores que eres un buen alumno, me dicen que casi modélico. Me cuentan que has comenzado bien el trimestre, que jamás te ausentas de clase y que atiendes con el máximo interés todas sus explicaciones. Eso es a lo que aspira cualquier profesional que se dedique a la enseñanza: ser respetado en su trabajo y tú por lo visto lo haces.

—Gracias, le agradezco de veras su amabilidad. No sabe lo que me alegra que tengan esa opinión tan positiva sobre mi modesta persona.

Ignoraba si tenía algún problema con la asignatura de gimnasia, que si lo estimaba necesario hablaría con don Matías Cazorla, al que seguro no le sería nada complicado convencer.

—Le agradezco su ofrecimiento, don Agustín, pero no lo considero necesario al menos en estos momentos.

—Analizo muy inteligente por tu parte no utilizar un recurso, un certificado médico que seguro te será sencillo obtener para conseguir ser exonerado de cumplir con esa materia.

—Le comprendo. Sin embargo, creo que es mejor así. Lo prefiero de ese modo.

Deseaba lograr el título de bachiller en igualdad de condiciones que el resto y esa actitud, ante los ojos de los demás, me honraba y sobre todo me granjearía el respeto de al menos algunos de mis compañeros, que es lo que sin duda perseguía.

—No es esta la principal causa que justifica tu presencia en este despacho. Esta misma mañana me he puesto en contacto con tu padre, y me ha asegurado que atenderá mi petición de mantener una conversación conmigo lo antes posible.

—Genial. Seguro que estará encantado de escuchar todo lo que usted desee contarle.

Pretendía solicitar sus disculpas, mostrarle su sincero arrepentimiento por un modo de actuar, por unas frases que jamás debía haber pronunciado con respecto a mí.

—Esta profesión es maravillosa, los que nos dedicamos a la enseñanza disfrutamos de este enorme privilegio. No imaginas lo gratificante que es tropezarte con un antiguo alumno y que te cuente que recuerda tus clases con afecto, que le gustaría que en el futuro también te hicieras cargo de la enseñanza de sus hijos.

Ese era sin duda el lado positivo, el combustible que les inyectaba la necesaria energía para continuar, para no deprimirse, desear arrojar la toalla y abandonarlo todo sin ni siquiera mirar a atrás.

—En ocasiones las cosas no son tan fáciles al encontrarnos a adolescentes desmotivados, presionados por sus progenitores, que poco o nada les interesa lo que intentamos enseñarles.

El problema es que no se contentaban con no atender en clase, sino que, además, les impedían hacer su trabajo con normalidad y a sus compañeros progresar de forma adecuada.

Las otras dificultades procedían de los padres, unos padres que a menudo confundían el centro con una guardería, que tan solo perseguían tenerlos a buen recaudo y que los dejasen en paz durante al menos unas cuantas horas.

—Así es difícil, créeme. Ejercer de carcelero, de poli malo, no es precisamente fácil. Ante comportamientos de esta naturaleza, que son más numerosos de lo que la mayoría de la gente supone, llegamos a sentirnos infelices y desmotivados al pensar que nuestra labor es estéril.

Prosiguió diciendo que en aquella ocasión sin duda se encontraba presionado por alguno de esos conflictos, y a veces se preguntaba si merecía la pena todo este sacrificio destinado a seres que no desean ser salvados de la ignorancia.

Las últimas palabras que escuché de don Agustín Rocamora Pastejón fueron que siempre dispondría de unos minutos para mí, que estaría dispuesto a atenderme cuando lo estimara oportuno.

Fue por la noche, con la chimenea bien alimentada de unos gruesos troncos, frente a dos infusiones bien calentitas, cuando Víctor me comentó que había sido recibido esa misma tarde. Me describió en lo fundamental el contenido de esa extensa conversación. Ambos coincidimos en que aquello había sido una disculpa en toda regla, que al que a priori presumíamos un enemigo recio y peligroso, se había revelado como un aliado útil y fiel. Estuvimos de acuerdo sobre que, a partir de esos momentos, tendría una preocupación menos de la que ocuparme.

4

Ernesto Valladares

Jamás se había dirigido a mí de esa forma y reconozco que me impactó. La realidad es que tenía que suceder y sucedió. Ahora sí que me encontraba metido en problemas. Aunque ciertamente no buscados, era evidente que por más que lo intentara no podría escapar de ellos.

Ya concluidas las clases, me dirigía caminando sin prisa hacia una de las puertas de salida del instituto. Había sido un buen día, bien aprovechado y sin contratiempos dignos de mención, y mientras escuchaba música a través de los auriculares observé que otros compañeros, que perseguían el mismo objetivo que yo, me miraban de un modo un tanto extraño.

Me gusta la música, también la actual, pero en particular la de los ochenta, que desde hace años disfruto y cuando nos es posible escucho junto a Víctor, también con mis colegas Alberto Aguilera y Julián Solano. Opinamos que es el periodo más fascinante y fecundo durante décadas en España y en todo el panorama internacional. También me apasiona el cine, no concibo la vida sin él. Es el vehículo ideal con el que consigo estimular mis emociones, y desde hace varios meses, destino una parte importante del tiempo libre del que dispongo para leer.

Hacía mucho que me había percatado que estas aficiones, en particular la lectura, además de hacerme gozar mientras la practicaba, me era útil para aprender, para madurar y crecer como ser humano. Y este es uno de los objetivos que todas las personas deberíamos perseguir.

Seguía todas y cada una de las recomendaciones de mi profesor de lengua y literatura, un profesional reputado y sensible, aunque en ocasiones tratara de ocultarlo. Me aconsejaba que no me obsesionara con un libro, que existían millares de textos maravillosos que aguardan cargados de paciencia en las estanterías ser elegidos.

Mientras reflexionaba sobre esos asuntos, al observar de nuevo a aquellos que perseguían abandonar las amplias instalaciones del centro educativo, decidí retornar a la realidad y desprenderme del artilugio que me procuraba esa deseada incomunicación. Fue entonces cuando, sobresaltado, escuché por primera vez esa expresión, su atronadora voz. Se trataba de Ernesto Valladares, un individuo de extendida fama en el instituto que deseaba a toda costa entablar una conversación conmigo. Fue cruel, doloroso y cruel, el calificativo que utilizó para lograr captar mi atención.

—¡Para, mongo! ¡Para de una puta y jodida vez! Como vas todo el puñetero día con ese maldito artefacto pegado a tus grandes orejas, no hay manera que te enteres. Vives en la inopia, tío, y así no se puede caminar por la vida, ya te lo digo yo.

Necesitaba que le hiciera un favor, que no me costaría apenas esfuerzo, que me valiera de mi influencia sobre don Matías para que le hablara en su propio beneficio.

—Me pone un motón formar parte del equipo de básquet, que sé que está preparando el tontazo ese de *El tintado* y al que, según me cuentan, ayudas. Y te diré más, pues por la información que ha llegado a mis oídos, nada ocurre en este apestoso sitio que se me escape, te hace mucho caso, bastante más de lo que presumes.

Prosiguió diciendo que ya debería conocerlo, saber cómo las gastaba, y no creía necesario explicarme que esa insignificante ayuda me podría suponer el ahorro de no pocos problemas y quebraderos de cabeza.

Le respondí que haría todo lo que estuviera en mi mano para facilitarle su integración en el equipo, aunque le advertí que nos sobraban candidatos. Me lanzó una mirada que no me dejó espacio para la duda, para continuar diciendo que tenía que ser posible, que él ya se sentía como un miembro más del conjunto.

—Me parece que no terminas de captar del todo el mensaje, chaval. Ya soy del grupo, uno más del equipo, y me importa una puta mierda si os sobran o si por el contrario os faltan candidatos. A ver si te enteras de una puta y jodida vez, ese asunto nada tiene que ver conmigo.

—Vale, vale. Tan solo quería decir que no va a ser nada fácil.

—Sigues sin enterarte, nene. O es que en algún momento has llegado a pensar que tendría dudas sobre que al final será así.

—Imagino que no.

—Pues date prisa, que ya estás tardando en pasarme la nueva equipación al completo que según he podido escuchar por ahí mola mogollón.

—No depende de mí, pero dame un poco más de tiempo para que lo comente con el profesor. No tardará demasiado, pues hace varios días que ya debería haber llegado al centro.

—Es que eso de tardar, en caso de confirmarse, te traerá algunos problemas, ¿lo entiendes?

De Ernesto Valladares se podría decir, a título ilustrativo, que era el ejemplo perfecto de alumno que permanecía en el centro obligado por su padre. Lo amenazaba con la severa advertencia de que si abandonaba los estudios sería empleado de inmediato en una empresa de envasado de hortalizas. Ese anunciado castigo se concretaría con exhaustivas jornadas de al menos diez horas, un sueldo mísero del que en ningún caso le estaría permitido disponer.

Ernesto era un vago redomado, repetidor contumaz y un gamberro al que no le interesaba nada de lo que allí se enseñaba, alto, de piel morena y de robusta complexión. Solía presentar una imagen sucia y desaliñada, pensaba que su progenitor se veía forzado a claudicar cuando comprobara la inutilidad de su obstinada estrategia. El dinero que sus padres le facilitaban para la adquisición de material escolar era invertido en cigarrillos, que consumía con fruición en los espacios de recreo. También en las máquinas tragaperras que alguien, con aviesas intenciones y la incomprensible anuencia de las autoridades municipales, había instalado en las proximidades del centro. Por ese motivo, para reponer el dinero gastado, amedrentaba a todos aquellos que analizaba idóneos para ese espurio fin.

Jamás se habían dirigido a mí de esa forma y reconozco que me impactó. Lo cierto es que tenía que suceder, y sucedió. Ahora sí que me hallaba metido en problemas. Aunque ciertamente no buscados, era evidente que por más que lo intentara no podría escapar de ellos. Quizás había pecado de optimismo, de excesiva ingenuidad al pensar que ese duro instante nunca se produciría. No era justo, jamás me metía con nadie, huía de los conflictos como de la misma peste. A veces no es suficiente con rehuirlos, en ocasiones te ves involucrado en ellos por mucho que sea el empeño que pongas en tratar de evitarlos.

Desde que poseía la capacidad de razonar, había advertido esas miradas, algunas disimuladas, otras indiscretas y cargadas de crueldad. Me recordaban cada día, cada segundo del día, que era y sería durante el resto de mi existencia distinto a ellos, para algunos inferior a un ser de raza negra, de origen árabe o asiático. Ya tuve una agria experiencia, hace ya algunos años, cuando contaba apenas diez.

Sucedió mientras Víctor se dejaba acariciar el rostro por un agradable sol de primavera, al tiempo que leía con absoluto deleite el periódico local en un banco del parque infantil que se encontraba próximo a casa. En esos instantes, mientras me balanceaba feliz y relajado en uno de sus columpios, un niño que se hallaba a mi lado disfrutando de idéntico juego se dirigió a mí:

—¿Cómo te llamas? —me preguntó mirándome con una mezcla de extrañeza y morbosa curiosidad para a continuación añadir—: ¿Es que te encuentras mal? ¿Parece que tienes la cara un poco rara?

Le respondí, cuando conseguí recuperarme de mi inicial desconcierto, que no me ocurría nada, que mis ojos irritados y achinados, mi cuello corto y ancho, mi tal vez peculiar modo de hablar y de a veces caminar no del todo estable, no se debían a que me encontrara afectado por ningún tipo de enfermedad o tara alguna. Ignoro si mi respuesta satisfizo su curiosidad, aunque la verdad es que me costó borrar de mi memoria esa mirada, heladora como la línea de corte de una afilada navaja, al bajarse del columpio y abandonar el parque, en todo momento sin dejar de observarme.

Jamás he logrado liberarme de este estigma, el ser examinado a menudo con curiosidad y extrañeza por los demás. Creo haber logrado que no me afecte en lo fundamental, que me impidiera alcanzar las metas propuestas. De lo que ocurrió en ese parque jamás tuvo conocimiento Víctor. No tenía ningún sentido que él también sufriera. Lo llevaba haciendo desde el día de mi nacimiento, desde la desaparición de mi añorada madre.

Conseguida su inclusión en el equipo de baloncesto, creyendo que sería presa fácil para sus insaciables apetencias, Ernesto se dedicaba, cuando nos encontrábamos al azar por cualquier lugar del centro, a examinar el contenido de mi mochila, y con descaro, mientras me obsequiaba con algún potente coscorrón que otro, me quitaba todo lo que le apetecía. En ocasiones elegía un bonito cuadernillo, alguno de los bolis que le gustaba, en otras el apetecible bocadillo que me había preparado con esmero para esa mañana.

Alberto Aguilera y Julián Solano, mis amigos de toda la vida, que también cursaban estudios de bachillerato en el mismo lugar, me preguntaban a menudo si había tenido algún problema con él, que Julián también los había padecido no hacía demasiado. Les contesté que no, que no hasta ese instante. Les expliqué que tal vez al conseguir a través de mi mediación integrarse en el equipo de baloncesto, por esa causa no había vuelto a molestarme.

—No nos mientas, Raúl. Somos tus colegas desde hace años y sabemos cómo las gasta ese pedazo de cabrito.

Conocían que solía aprovecharse de aquellos que consideraba más débiles, que le podían presentar menor resistencia.

—Nos cuesta creer que después de haber logrado que lo incluyeras en el grupo te haya dejado tranquilo sin más.

Añadió que haría mal si les ocultara si me había pedido algo más, si rebuscaba en mi mochila o me sustraía dinero, como lo había intentado con él y con muchos otros en no pocas ocasiones, o incluso se había llegado a emplear la fuerza para conseguir sus ambicionados y deleznables objetivos.

—Te ayudaremos, en cuanto nos lo pidas haremos todo lo posible para ayudarte.

—Gracias por vuestro ofrecimiento, amigos. Creo que, al menos durante una buena temporada, me dejará en paz. Con dar un paseo junto a vosotros, y si además me invitáis a un refresco, será más que suficiente para recuperarme del serio encontronazo que tuve el otro día con él.

Lo pensé, cavilé más de lo que mente humana sea capaz de imaginar. Después de varias semanas de dura reflexión decidí no acudir a ellos, tampoco denunciarlo ante don Agustín Rocamora Pastejón que me había ofrecido su incondicional ayuda hacía tan solo un par de meses. También medité sobre la pertinencia de contárselo a mi padre, aunque al final decidí descartarlo.

Es probable que mi obstinada actitud me estuviera perjudicando, posibilidad que no descartaba. Pero barajaba desde hacía tiempo que quizá, por una cuestión estrictamente de edad (Víctor se unió a mi madre siendo ya talludito), lo más factible es que él abandonara este mundo antes que yo.

Salvo que decidiera formar otra familia —nada hacía presagiar que fuera a suceder al menos a corto plazo— cuando él me faltara, quedaría huérfano y solo, ya que era una incógnita si mi tío Luis estaría dispuesto a acogerme en su casa. Las relaciones entre su mujer y él nunca habían disfrutado de un clima precisamente favorecedor, no ignorábamos que incluso habían empeorado. Mi padre opinaba que todo apuntaba a la pronta y definitiva disolución del matrimonio que, por cierto, carecía de descendencia.

Padecí durante largos meses las reiterativas acometidas de Ernesto Valladares, que ya apoyaba sus argumentos con golpes acompañados de graves insultos para obtener sus abusivas pretensiones. Esa agresiva y continuada actitud llegó a crearme serios problemas para conciliar el sueño, con consecuencias en mi rendimiento académico. El menoscabo todavía no era importante, si bien llegué a preocuparme seriamente por ello.

Todos tenemos un límite, un tope en la capacidad de sufrimiento, y este se produjo una fría mañana en la que ambos coincidimos en los aseos. Aprovechó que nos encontrábamos solos y ante sus ásperos insultos y desmedidas peticiones me armé de valor y opté por negarle con contundencia todo lo que me exigía. Me empujó con fuerza al interior de uno de los compartimentos donde se encontraban ubicados los retretes, donde en uno de ellos se hallaba metida una gruesa y mugrienta manguera por la que fluía agua de manera abundante.

Con actitud desafiante, pero con estudiada lentitud me la introdujo entre la camisa y el pecho, quedando absolutamente empapado, incluidos los pantalones, calcetines y las deportivas que calzaba. Eran las mejores, las más apreciadas y caras que tenía. Me amenazó diciéndome que de no atender sus demandas me la introduciría primero por la boca, después por la nariz y los oídos, para acabar haciéndolo también por el recto.

Ya no le bastaba con el numeroso material escolar que me robaba cuando le venía en gana, las terribles ofensas y humillaciones con las que solía acompañar sus pretensiones, me exigía dinero, una respetable cantidad de dinero cada semana. Salía con una chavala, me confesó, y al no recibir asignación alguna de sus enfadados padres precisaba de esa cantidad para satisfacer sus necesidades. Mi reiterada y envalentonada respuesta lo enfureció todavía más si cabe y fue entonces cuando me manifestó su desprecio, el más cruel y hondo de los desprecios.

—Seguro que en algún momento habrás pensado que estás en mi punto de mira porque eres blandengue y facilito para llevar a cabo mis trastadas. Y es cierto, razón no te falta, mongo. No conozco a otro al que me haya sido menos complicado fastidiar, aunque no creas que es solo por eso.

Lo que le asqueaba hasta parecerle insoportable era mi cara de sapo, mis movimientos cuando estos se le antojaban lentos y torpes, también mi piel rasposa y según él mi enorme y fofo culo de vieja gorda.

—Además de todo eso, lo que más me molesta, lo que más me repugna, lo que de verdad me revuelve las tripas a más no poder, es que vayas de buen estudiante, de chico guay, obediente y aplicado.

Me dijo que seguro que cada día, sin fallar ni uno solo, mi queridísimo papi, después de haberme preparado la tacita de leche templada con mis cereales preferidos, siempre con mis preferidos, me decía lo bueno que era y lo mucho que me quería.

—Lo que me jode, lo que realmente me pone al borde del vómito, repito, es que te creas que eres un buen estudiante, obediente y aplicado.

Aborrecía todo lo que procediera de mí, lo que representaba, toda mi persona al completo.

—Si por mí fuera estarías a buen recaudo, encerrado a cal y canto tras una reja y sujeto a una gruesa cadena. Junto con los demás de tu especie, con los que, como tú, solo sois escoria humana, despojos de quirófano a los que no les debería estar permitido convivir con las personas normales.

Era su anormal favorito y le tendría que dar lo que me pidiera, todo aquello que le apeteciera hasta que consiguiera abandonar ese, según él, abominable sitio.

—Solo cuando eso ocurra conseguirás librarte de mí. Resiste, mongo, échale pelotas porque esto acaba de empezar y te joderé, te joderé tan solo por el placer de putearte. Te vigilaré cada día, y cuando creas que ya no lo puedes soportar, que estás próximo al abismo, yo estaré presente para recordarte que apenas has empezado a sufrir, que todavía te queda mucho por sufrir.

Llegué a pensar, en esos instantes de máxima angustia, de dolor elevado hasta el límite, si lo mejor para mí era dejarme llevar, acabar con todo de una vez y no sentir esa sensación de absoluta tristeza e impotencia que en no pocas ocasiones ya había experimentado. La única consecuencia positiva que pude extraer de aquel amargo episodio fue creer que nadie lo pudo escuchar, que jamás llegó a oídos de mi querido padre. Y es sencillo concluir que entonces, ante esas despiadadas muestras de desprecio, no se habría contenido, originándose sin duda un conflicto de dimensiones impredecibles.

Más tarde comprendí que en el fondo Ernesto Valladares tan solo pretendía descargar su frustración hacía mí, la enorme decepción de un ser que se sabía de antemano fracasado, al que le aguardaban todas las dificultades por las que la vida a veces nos obliga a transitar. El sí que era un ser disminuido, un joven despojado de los resortes necesarios para contender en la vida con alguna posibilidad de resultar airoso en tan duro y en ocasiones desigual combate.

Escapé de aquel opresivo espacio aprovechando la benefactora presencia de otros compañeros, que distrajeron su atención durante unos segundos. Y salí corriendo a toda la velocidad que me permitieron mis inestables extremidades inferiores. Temía un nuevo encuentro con él, que sabía estaría irritado. Se consideraría burlado por un ser que creía inferior en todos los aspectos imaginables.

Los días se fueron sucediendo, incluso las semanas, y ni rastro quedaba de él. Alberto y Julián me comentaron que hacía mucho que no lo veían, hasta que me enteré que había abandonado definitivamente el instituto. Nada tuvieron que ver sus profesores, a los que seguro les debió causar especial alivio tan esperada noticia, tampoco me consta la intervención de don Agustín, el director. Fue tiempo después, ya superada la Selectividad, cuando Víctor, durante el devenir de la cena donde celebramos tan feliz acontecimiento, me puso en antecedentes de lo ocurrido, de la razón por la que Ernesto Valladares se vio forzado a marcharse.

—Algo sabía sobre lo que se llevaba entre manos ese pedazo de cabestro. Tus amigos también sospechaban que algo estaba pasando, un problema que tú decidiste no contar a nadie, ni siquiera a mí. Tu forma de afrontar el reiterado acoso de esa escoria humana te honra, procuraste resolverlo con tus propios medios, pero te diré que fue una grave equivocación.

Opinaba que ese energúmeno me había hecho mucho daño, y de haber continuado en esta situación durante más tiempo el perjuicio habría sido mayor, puede que hasta irreparable.

—Lo siento, créeme que lo siento. Tan solo pretendía que no sufrieras por mí. Cuanto antes aprenda a solucionar mis problemas, será mejor para todos.

Solicitó unas horas en su trabajo y se dirigió al instituto una vez informado del horario de recreo.

—Conocía que son numerosos los alumnos que aprovechan esa circunstancia para abandonar el centro, para echar un cigarrillo o comprar alguna golosina en el kiosco más próximo y algunos para otras cosas en las que prefiero no entrar. Y así ocurrió.

Aguardó con paciencia a que acabara la conversación que mantenía con un colega suyo con parecidas pintas a la suya. Y cuando los vio despedirse, con un gesto imperativo le indicó que quería hablar con él.

—¿Y cómo reaccionó cuando lo llamaste? —se me ocurrió preguntarle, intentando esconder la enorme tensión que recorría todo mi cuerpo en esos momentos.

—En un tono desafiante me respondió que quién era yo, que es de lo que quería hablar con él.

Imagino que algo debía sospechar al ser reciente el episodio en los retretes que los alumnos, que entraron con posterioridad, contaron a aquellos que le quisieron escuchar.

—Tú eras ajeno a esa cuestión. Pero yo barajaba desde hacía tiempo la posibilidad de intervenir y poner freno a una situación que te estaba haciendo sufrir de forma innecesaria.

Descartó hablar con el director, al entender que él también podría estar al corriente de las andanzas de ese desvergonzado, y que si no las había impedido era porque pasaba del asunto o tal vez por falta de agallas.

Cuando le mencionó su nombre y apellidos, intentó escabullirse al darse cuenta que se podría tratar de mi padre.

—Con disimulo lo agarré con fuerza de la sudadera, y pese a su tenaz resistencia, lo obligué a introducirse en nuestro coche que estaba aparcado a escasos metros y en ese lugar escuchó todo lo que le tuve que decir.

Sus argumentos le debieron parecer de lo más contundente, ya que no le fue preciso extenderse más allá de unos minutos.

—Según mis noticias en la actualidad se encuentra recluido en una clínica de desintoxicación para toxicómanos. Lo va a tener difícil, aún más que difícil. Por lo que me ha llegado, su padre ha decidido arrojar la toalla y ya nada quiere saber de él.

Me dio lástima, pues en el fondo todos nacemos con algún tipo de minusvalía, tara física o mental, aunque a veces sea apenas imperceptible, incluso indetectable. Yo sufría las propias desde el primigenio instante de mi nacimiento. Pero después de escuchar el relato de Víctor sobre Ernesto, el negro futuro que con toda probabilidad le aguardaba, llegué a sentir auténtica pena. Creía que yo tendría, si me esforzaba con la misma intensidad que lo estaba haciendo hasta ese momento, más posibilidades que otros que se consideraban menos raros y que con su irresponsable modo de actuar nos mostraban cada día lo contrario.

Pasadas en torno a las ocho semanas y cuando todos, mi padre y amigos, no tanto yo, se habían olvidado de Ernesto Valladares, aparecerá en mi vida un nuevo y siniestro personaje. Era lo que podríamos denominar un sicario, el encargado de recordarme que mi acosador particular en ningún instante había olvidado que por mi culpa se encontraba encerrado en un duro correccional. Conocía que don Agustín Rocamora, tras ser informado de lo ocurrido en los aseos, había hablado con su padre apremiándole para que su hijo abandonara el centro sin la menor demora.

Debía tener como mínimo un par de años más que yo, que su señalada víctima, y acababa de abandonar el reformatorio donde se hallaba internado junto a Ernesto Valladares. Presentaba una potente complexión, la mirada acerada, la de un auténtico desalmado deseoso de cumplir con la misión encomendada que por otro lado parecía divertirle en extremo.

—Soy Noriega, Rubén Noriega, heredero por derecho del clan de los Noriega.

De su progenitor y hermanos mayores había aprendido lo necesario para llevar a cabo cualquier tipo faena, por dura o peligrosa que pudiera ser.

—Y no me mires así, ya sé que no me conoces, que no has visto una jeta tan interesante como la mía en tu puta y asquerosa vida, y todo esto lo entenderás rapidito cuando te diga quién está detrás de este interesante encarguito.

En un primer instante quedé desconcertado. Jamás había visto ni oído hablar de ese personaje de aspecto chulesco y estrafalario, que tras una primera mirada califiqué de aterrador, que se dirigía a mí tal y como si me hubiera tratado con asiduidad.

—Así que tú eres Raúl Soto, conocido por toda la peña como *El Mongo*.

El digamos abordaje se produjo a la salida del supermercado al que yo solía acudir a hacer algunos recados y que se encontraba próximo a casa. Y no dio excesivos rodeos para explicarme la causa por la que me había convertido en el centro de la diana, en el foco preferente de su atención.

—Seguro que me vas a entender cuando te cuente que tienes un grave problema, chaval.

Y no se demoró demasiado en decirme que alguien deseaba con todas sus fuerzas hacerme daño, mucho, mucho daño, y que él sería el brazo ejecutor, el encargado de llevar a cabo esa más que rumiada venganza.

—Mi colega Ernesto, *El valla*, me ha pedido que te sacuda bien, sin piedad. Que te dé un buen susto, una lección de esas de las que no se olvidan por numerosos que sean los años que te puedan quedar por vivir. Después de observarte bien de cerca he decidido actuar por mi cuenta y lo de romperte las piernas lo dejaré para otra ocasión, si es que acaso se dieran las circunstancias, claro.

Y sin mediar ni una sola palabra, sin ni siquiera aguardar mi respuesta, se abalanzó sobre mí y comenzó a propinarme golpes en el rostro, alternándolos con algún que otro en el estómago e incluso aún no he olvidado uno potentísimo con la rodilla que recibí en mi entrepierna y que me cortó el aliento durante interminables segundos. Sin duda pretendía dejarme un recuerdo para que siempre, cuando decidiera mirarme en el espejo, me acordara durante años del responsable de esa cruel y premeditada acción. A esa concatenación de puñetazos en mi cara y otras zonas le sucedieron varios escupitajos. No contento con ello vació el cálido contenido su vejiga sobre mi dolorido y estremecido cuerpo, procurando que no quedara ni un solo espacio sin estar bien empapado.

Esa brutal agresión no sería ni de lejos lo peor de todo. Fueron sus palabras, las frases que me escupió cuando por fin, ya algo fatigado y ante mi nula resistencia, decidió que tenía suficiente. Esa forma de dirigirse a mí, tan perversa y despreciable, fue lo más hiriente con diferencia que recuerdo de ese funesto suceso.

—Visto lo visto, la realidad es que mi colega no se equivocaba. Eres tan poca cosa, tan mierda y tan jodidamente desagradable y raro, que en esta ocasión dejaré de sacudirte. Seguro que podría estar de aquí a mañana machacándote tu asquerosa jeta y ni siquiera harías lo mínimo para intentar al menos defenderte.

No se debió sentir satisfecho del todo con ese cúmulo de humillantes frases por lo que decidió añadir algo más, todavía más.

—Le pregunté a mi colega la razón por la que quería hacerte daño con tanto ahínco, y me respondió que debía emplearme a fondo contigo porque eres el idiota perfecto, un cagado además de un asqueroso remilgado y niñito hijo de papá.

Y ya debería saber que, a él y a los que son parecidos a él, no les gustaban nada, pero nada de nada, los mamarrachos engominados como yo.

—Deseaba que te triturara la fachada a conciencia porque me asegura que fuiste el principal responsable de que lo encerrarán en ese asqueroso sitio. Y lo cierto es que razón no le falta, mongo.

Y no lo había disfrutado. Pensaba que al menos opondría una mínima resistencia y que se lo podría pasar hasta bien. Pero no, eso no había sucedido y para su desgracia no lo había disfrutado.

Cuando lo viera le diría que no lo buscara más para realizar ese tipo de trabajitos, por el que por supuesto no le pasaría la factura.

—Levántate y vete ya para tu casa, si es que acaso la encuentras, que la mierda y los meados ya te deben llegar, como mínimo, a la altura de los tobillos.

Y, para terminar, al observarme tan maltrecho, tan derrotado, humillado e indefenso, debí despertar en él algún atisbo sentimiento de pena y añadió:

—Aunque no te lo creas, hay seres que tienen una vida igual e incluso más jodida que la tuya.

No es nada complicado imaginar la reacción de Víctor cuando me vio aparecer por nuestra casa tambaleante, con el cabello desgreñado, empapado de orines y sobre todo al observarme con gran parte del rostro ensangrentado. En su desconsolada mirada pude ver el inmenso dolor que le producía contemplar las facciones de mi cara golpeadas con tal brutalidad, las numerosas contusiones y arañazos que presentaba.

—No lo entiendo, por más que lo intento me cuesta asimilar que todavía existan personas que disfruten perjudicando a seres como tú, a seres que jamás han hecho daño absolutamente a nadie. Verte así, hijo mío, créeme que me rompe el alma; pensar por el mal trago que debes haber pasado por culpa de esos hijos de perra, me duele en lo más profundo de mi corazón. Esta imagen tuya, humillado y vulnerable, nunca podré borrarla de la memoria

Horas después vendrían a visitarme al Centro de Salud Julián Solano y Alberto Aguilera y a ellos se lo dije después de escuchar cuanto lamentaban lo sucedido.

—Esto solo le ocurre a seres como yo, a pobres desgraciados a los que la vida les hace padecer en la mayoría de las ocasiones y únicamente de vez en cuando se nos permite gozar de una mínima fracción de ella.

5

El partido

Las posibilidades de que yo me viera en la necesi-
dad de saltar a la cancha, de intervenir activamente
en el juego, eran mínimas, en realidad inexistentes.
Creía que el estar integrado en el vestuario con ellos
podría resultar provechoso para el conjunto.

El curso proseguía y la aceptable relación que mantenía con don Matías Cazorla Carrilero y con el resto de profesores en general, creer que el tal Noriega jamás se volvería a cruzar en mi camino, originaba en mí un optimismo desde todo punto injustificado sobre el que Víctor me haría reflexionar.

Aprendí que la euforia nunca es aconsejable, solo es conveniente en momentos puntuales: cuando el club del que eres fiel seguidor alcanza un triunfo extraordinario o cuando se consigue sacar una nota brillante en un comprometido examen, también cuando un ser querido consigue superar una grave adversidad. Me dijo que la euforia, al igual que el desánimo, también forma parte de la patología del depresivo. Altibajos que a veces experimentan sin percibirlo los acorralados por procesos de debilidad mental que intentan combatir con ansiolíticos y antidepresivos, que a muchos ayudan, aunque tengo la impresión que a otros le son de escasa utilidad.

Ese clima tan favorecedor propició mi retorno a los paseos, mi total disposición a recorrer a ritmo pausado los lugares más sobresalientes y entrañables de mi ciudad que inicialmente comencé a poner en práctica junto a mi padre.

Daríamos una larga caminata, nos tomaríamos un granizado en alguna de las numerosas y agradables terrazas que desde hacía varios años estaban proliferando por el centro. Y a propuesta de Julián, una vez transitadas sus principales arterias, nos dirigimos a un complejo de multisalas donde disfrutamos de una película de la que teníamos las mejores referencias. La complicidad que existía entre nosotros, en particular con Julián, me permitió realizar esos anhelados itinerarios en solitario, que estimulaban mi imaginación y que en ocasiones me inducían a la reflexión.

Cartagena comenzaba a recuperar el tiempo perdido, a rehabilitar sus edificios más notables, a devolverle, a través de la limpieza y restauración de sus bellas fachadas de estilo modernista, el antiguo esplendor que debieron poseer cuando fueron erigidos. Cuánto le debe esta ciudad al ilustre arquitecto Víctor Beltrí y a Tomás Rico. Y a tantos otros que, con su excepcional e ilusionado trabajo, consiguieron que alcanzara un desarrollo económico y social que procedía en gran medida de los beneficios de la explotación de las minas en la localidad próxima de La Unión, en los inicios del pasado siglo XX.

Y así transcurría ese periodo de mi vida, con relativa placidez. Sin embargo, cuando todo va bien, dejando al margen las interminables horas de obligado encerramiento en época de exámenes, seguro que más numerosas de las que precisaban mis compañeros de curso, las personas tendemos a pensar que algo, y no precisamente bueno, nos va a suceder. Y sucedió, aunque debo reconocer que la gravedad de lo ocurrido ni se aproximaba a lo padecido por culpa de mi recordado Ernesto Valladares. Todavía me atemorizaba tropezármelo por la ciudad, a pesar de conocer que su paso por un centro de desintoxicación sería prolongado. Fue don Matías, el profesor de gimnasia, el involuntario causante de este nuevo infortunio.

—Chavales, no os lo vais a creer —comenzó a decir empleando un tono entusiasta, de incontenible alegría—. La Consejería de Cultura y Deporte nos ha invitado a participar en un torneo de baloncesto que se disputará entre todos los institutos de la región que se muestren interesados.

Añadió que habría una liguilla previa de selección, para descartar a los más mierdecillas, así lo expresó. Realizada la limpieza previa, los equipos que resultaran clasificados lucharían por alzarse con ese valioso torneo.

—El premio es importante: consiste en una invitación para los integrantes del equipo ganador para presenciar el próximo torneo de preparación que dispute la Selección Nacional de Baloncesto en nuestro país, que se celebrará este próximo verano en Madrid.

Estaban incluidos los desplazamientos, hotel y manutención, también sería gratuita la asistencia a todos los partidos que disputara el combinado español.

—Habrá que echarle ganas, ya me entendéis. La verdad es que soy más bien optimista, algunas posibilidades tenemos.

Debíamos comenzar a prepararnos desde ya, desde ese mismo instante, con ilusión, creyéndonos a pie juntillas que podríamos llegar hasta la final.

La respuesta, como es sencillo suponer, fue de extraordinario júbilo. Las prevenciones sobre la incuestionable dificultad que tan semejante proeza significaría para todos vendrían después, con los ánimos ya algo más reposados. Julián, mi amigo Julián Solano, que también formaba parte de ese escogido grupo me abrazó con fuerza, no pudiendo ocultar la enorme satisfacción que lo invadía.

—¡Lo conseguiremos, Raúl! Haremos lo que sea necesario y más para alcanzar ese sueño.

Los partidos que habíamos disputado el curso pasado contra otros institutos, con excelentes resultados, nos servían para creernos que realmente podríamos.

—Entrenaremos las horas que sean necesarias, nos esforzaremos al máximo para estar en esa final, para pasárnoslo a tope viendo a la Selección Española. Podremos tocar a Pau Gasol y a su hermano Mark, a Ricki Rubio, también a Sergio Llull e Ibaka, así como al resto de los seleccionados.

—Genial. Será estupendo poder acompañaros en tan extraordinario objetivo.

Ante el desatado optimismo de Julián y del resto de los componentes del equipo, entendible en esas circunstancias, me vi obligado a intentar rebajar ese desenfrenado clima de enardecimiento extremo que creía absolutamente necesario dejar de lado a la menor brevedad posible.

Bien es verdad que la experiencia acumulada en los anteriores partidos disputados nos inducía al optimismo. Nos enfrentaríamos a un torneo largo, demasiado largo y duro. En el participarían los conjuntos más cualificados de la región, que sin duda aspirarían a conseguir ese premio con no menos ímpetu e ilusión. Pasados unos días después de esa impactante noticia, me llamó don Matías para cambiar impresiones conmigo.

—Tenemos un problema, Raúl. Un problema al que en estos momentos no sé cómo hincarle el diente.

Al observar su indecisión, que ante mi mirada expectante no terminaba de arrancar y contarme esa anunciada dificultad, le respondí con un tono un poco airado.

—¡Suéltelo, dígamelo de una vez!

—Como sabrás, con Ernesto Valladares ya no podemos contar. Era un elemento de cuidado, ¡menudo bicho! El muy canalla era bueno, bueno a rabiar en el puesto de ala pívot, y será harto difícil cubrir con una mínima solvencia esa relevante posición.

A esa importante baja, y ese era el motivo por el cual me había llamado, se le sumaron otras dos: la de Julito Carrascosa y también la de David Flores.

—Por lo que parece los padres de ambos han recibido una tentadora oferta laboral, dejarán el instituto y en apenas unos días se trasladarán a otra ciudad del norte del país.

No paraba de pensar. Sin embargo, no veía otras opciones, por lo que tendríamos que adaptarnos a lo que nos quedara.

—Sé que lo que te voy a decir te sorprenderá, seguro que te sorprenderá. He decidido incluir tu ficha con las del resto del grupo.

Las posibilidades de que yo me viera en la necesidad de saltar a la cancha, de intervenir activamente en el juego, eran mínimas, poco menos que inexistentes. Creía que el estar integrado en el vestuario con ellos podría resultar provechoso para el conjunto.

—Tus digamos limitaciones físicas impiden que tu concurso sea importante, ni siquiera aconsejable, aunque nadie te podrá negar que eres un experto en conciliar voluntades.

—No sabe cómo le agradezco su confianza en mi humilde persona, pues soy consciente que pocos harían lo que usted acaba de hacer por mí.

—Vale, vale, tranquilo. No exageres que tampoco es que sea para tanto.

Mis compañeros me respetaban, apreciaban mi trabajo y eso es lo que pretendía que hiciera: hacer una piña del equipo.

66

—Esa será tu misión principal. Don Agustín conoce mi estrategia, sabe cuál será tu función, y he recibido todo su apoyo. También me hizo ver lo relevante que sería para este centro conseguir este ambicionado objetivo.

Tenían desde hacía años acreditado cierto prestigio en la ciudad, pero en materia de deportes se veían lastrados por déficit históricos que a la dirección le parecía de vital importancia revertir, una oportunidad que en ningún caso y bajo ninguna circunstancia debía ser desaprovechada.

—Eres un buen chaval, posees algunos conocimientos de baloncesto, y si los dos nos esforzamos al máximo tal vez podríamos lograr algo realmente sobresaliente.

Don Agustín Rocamora le había prometido toda la ayuda que estuviera en su mano, que no ahorraría esfuerzos para que ese objetivo fuera posible, de alguna manera alcanzable.

El reto era importante, lo que me obligaría a revisar durante innumerables horas las grabaciones que tenía guardadas de mis partidos favoritos y que ofrecí incondicionalmente a don Matías. Quizás gracias a ese exhaustivo trabajo previo y a la positiva predisposición de mis compañeros, pudimos constatar con satisfacción como superamos la ronda preliminar con relativa facilidad.

Fueron numerosos los partidos disputados, algunos incluso precisaron de prórroga para evitar ser derrotados. Y la presión, la ilusión de todo el centro, de alumnos y profesores, se nos fue echando encima en la medida que nos acercábamos a la ansiada pero a la vez temida final.

El encuentro de semifinales fue bronco, duro en exceso, lo que nos obligó a don Matías y a mí a protestar en numerosas ocasiones ante los árbitros, colegiados intimidados por la presión del equipo contrario y su masa de enardecidos seguidores. Todo el centro los apoyaba. Profesores, alumnos, familiares y amigos hicieron lo imposible para meternos el miedo en el cuerpo, para impedir a toda costa nuestra victoria. La derrota fue inevitable, se produjo por escasos cinco puntos, diferencia que deberíamos contrarrestar en el partido de vuelta, ya en nuestra propia cancha.

Don Agustín conversó con don Matías y le propuso hablar con la Concejalía de Deportes. La intención era obtener permiso para celebrar ese encuentro que se presumía emocionante, por descontado equilibrado, en el Pabellón Central de Deportes de la ciudad que podría albergar al menos a dos mil espectadores. Llevó a cabo las pesquisas pertinentes, logrando del concejal del ramo su total implicación además de la preceptiva autorización. Y disputamos el encuentro, que fue tan sufrido como lo habíamos pronosticado, pero en el que nos alzamos con la ansiada victoria. No solo anulamos la ventaja inicial que nos sacaron en el encuentro de ida, sino que conseguimos superarlos en dos más.

—Ha sido duro, Raúl, especialmente duro. Por mucho que me empeñara en decir lo contrario no podría negarlo, pero apasionante hasta decir basta. Imaginaba que sería difícil, aunque te puedo asegurar que no hasta ese extremo.

—Ha sido la caña, emocionante a rabiar, don Matías —le respondí con la máxima felicidad reflejada en el rostro.

—Espero que a la totalidad de tus compañeros les sirva de estímulo para afrontar lo que nos queda, que no va a ser precisamente fácil.

—Seguro que sí, no tengo ninguna duda.

Estábamos en la final, en la esperada y ansiada final, y la borrachera de alegría fue inmensa, indescriptible. Pensábamos en esos instantes de desbordado júbilo que ya nadie nos podría detener, que podríamos derrotar a cualquiera que osara enfrentarse a nosotros.

Junto a don Matías y muchas dosis de entusiasmo estudiábamos ese histórico choque y la estrategia que nos permitiera lograr el anhelado triunfo que ya veíamos próximo, casi al alcance de la mano. Don Agustín se acercó a presenciar uno de los entrenamientos. Nos felicitó porque lo ya conseguido era importante y nos hizo ver la trascendencia del que todavía restaba por dirimir.

—Quisiera manifestaros que me siento orgulloso de vosotros, sobre todo por la capacidad de sacrificio que habéis demostrado. Nadie preveía que llegaríamos hasta aquí y por ello insisto en mi total y absoluto reconocimiento.

Nos dijo que debíamos prepararnos para llevar a cabo un último esfuerzo, para entregarnos al máximo sin reservarnos nada.

—Tened en cuenta que la totalidad de los miembros que integran la comunidad escolar tendrá su mirada puesta en cada uno de vosotros, también una nutrida representación de los medios de comunicación, con la televisión incluida, por supuesto.

Deberíamos emplear al máximo nuestra ya exhibida destreza, atender los consejos de los entrenadores.

—Pase lo que pase ya habéis triunfado. No obstante, se os pide un último acto de osadía, de bravura. Debéis saber que, en casos como este, nadie se acordará del que quedó subcampeón.

En esta ocasión, como en tantas otras, yo tenía experiencia para dar y tomar, el director no se anduvo por las ramas. Ya lo conocíamos, nuestro profesor de gimnasia todavía más, y con un elocuente gesto me dio a entender que olvidara lo antes posible esas desafortunadas palabras, que el partido lo jugarían los alumnos, mis compañeros y nosotros.

—No debes hacer el menor caso a esos estúpidos comentarios.

Y añadió que don Agustín iba a lo suyo, a lo que creía que le podría reportar el máximo beneficio personal posible. Su objetivo era promocionarse todo lo que pudiera ante las autoridades educativas a costa de lo que sea.

—Ya lo conocemos y no engaña a nadie. Importa una cosa, una sola cosa, y es que soy inmensamente feliz al estarme permitido poder disputar la final de este torneo, que por otra parte preveo enconada a más no poder y por supuesto a tope de emocionante.

Jamás había conseguido nada tan relevante después de tantos años de ejercicio esforzado en su profesión.

—Mi mujer me dice que se siente orgullosa de mí, mis tres vástagos también. Y tanto mis amigos, así como vecinos y algunos conocidos, parece que me saludan con algo más de agrado, diría que con incluso un atisbo de admiración.

Y me aconsejó que debería adoptar la misma actitud que él y disfrutar de este acontecimiento hasta donde me fuera posible.

—No podemos asustarnos, jamás amilanarnos, Raúl. No podemos pedir más; pase lo que pase, ocurra lo que ocurra, ya hemos triunfado. Tú eres un extraordinario chaval con algunos desajustes emocionales, yo un pobre y me temo que desprestigiado profesor de gimnasia, al que, a pesar de tantos años ejerciendo su profesión con una buena dosis de ilusión y honradez, no imaginas como le duelen las repetitivas burlas de algunos de tus compañeros.

Y la realidad es que ninguno de los dos ni tan siquiera nos habríamos atrevido a soñar lo que nos estaba sucediendo desde hacía tan solo unos pocos meses.

Había hablado con Nora, su esposa, y le parecía estupendo que fuera a cenar a su casa y después revisar las cintas que todavía nos quedaban por ver todas las ocasiones que fueran necesarias.

—Es cierto que a ella no le entusiasman las visitas, en realidad nunca la han entusiasmado. Pero es que te he puesto muy por encima de las nubes.

Con la obligada ausencia de Ernesto Valladares, con las sorpresivas bajas de Julito Carrascosa y David Flores, el equipo ya andaba un poco justo. Y a ese problema se le unió la renuncia de otro más de los alumnos, la no menos importante de Antonio Miras. En otras circunstancias hubiera sido juzgado de prescindible, pero que en esta ocasión su concurso nos parecía vital. De producirse una nueva lesión tendríamos problemas, algo más que problemas.

Víctor como era de esperar me desearía suerte, toda la suerte del mundo.

—Imagino que estarás nervioso, preocupado. Disfruta de este momento y no pienses en el resultado, en el que seguro podrán influir multitud factores.

Debíamos pelear con todas nuestras fuerzas, poner la máxima ilusión y no sentirnos mal si es que acaso al final no llegábamos a conseguirlo.

—Ya lo sé. Nuestro sueño es luchar por alcanzar ese trofeo que nos mola mogollón y por el que tanto hemos batallado. Te aseguro que lo vamos a intentar hasta que nos quede una pizca de fuerza.

—Genial, estupendo. Así es como me gusta que te tomes estas cosas.

Durante los breves minutos que invirtió el autobús en trasladarnos desde el instituto hasta el Pabellón Central de Deportes, reflexionaba sobre la trascendencia de lo que iba a acontecer en apenas dos horas.

Jugar en terreno propio en principio nos favorecía, aunque debo confesar que, al menos a mí, me creaba un mayor grado de ansiedad. Presenciando el encuentro estaría mi tío Luis, por supuesto Víctor, los seres que más me importaban y que bajo ningún concepto deseaba defraudar. El llamado factor campo ya era conocido antes de dar comienzo el torneo y en ese momento no le dimos la menor relevancia, nunca imaginamos que íbamos a llegar tan lejos, nada más y nada menos que disputar la gran final.

Todo estaba dispuesto, el Pabellón de Deportes lucía sus mejores galas. El graderío presentaba una nutrida representación de familiares y amigos, seguidores de ambos conjuntos, aficionados en general que no querían perderse nada de ese atrayente acontecimiento deportivo.

Los primeros compases del choque se desarrollaron con arreglo a lo planeado; no conseguíamos despegarnos en el electrónico, si bien ellos tampoco lo hacían. Lo previsto que sucedería ante un rival duro y correoso, sobradamente dotado de amplios y sólidos argumentos baloncestísticos.

Durante el periodo de descanso, prácticamente igualados en el marcador, don Matías y yo intentábamos insuflar a nuestros jugadores la máxima ilusión, nuevas jugadas que nos permitiera llegar hasta los últimos minutos con alguna garantía de éxito. Y fue cuando ocurrió, cuando Javi López resultó lesionado y nuestro preparador físico no consiguió recuperarlo. Don Matías, ante la falta de alternativas, obligado a dar descanso a uno de los participantes que ya llevaba demasiados minutos sobre la cancha y mostraba signos más que evidentes de estar agotado, se dirigió a mí:

—Tendrás que jugar. Lo siento, pero tendrás que saltar a la cancha. Lo he pensado y al final he decidido que tendrás que jugar. No queda otra opción. Serán apenas unos instantes, los suficientes hasta que el sustituido recupere al menos un poco el aliento.

Debía dedicarme a pasar el balón, a estorbar lo mínimo que me fuera posible, a defender sin cometer faltas personales.

—Y nunca se te ocurra tirar a canasta. Jamás. La regla sagrada es no tirar, jamás debes tirar.

—Vale, vale, no insista que ya lo he pillado.

Nunca me había visto en parecida situación, tan apasionante a la vez que comprometida, e intenté colaborar al máximo de mis fuerzas y no entorpecer el juego del resto de los componentes del equipo. Al menos tuve la satisfacción de que, durante mi escasa participación, la mínima ventaja que nos llevaban no se viera incrementada.

No fue esa la única ocasión en la que me vi obligado a intervenir, cuando apenas faltaban tan solo dos minutos para la conclusión del encuentro tuve que ingresar de nuevo en la cancha. Durante ese breve espacio de tiempo, en ocasiones largo, casi interminable cuando de este apasionante juego se trata, ambos conjuntos anotamos sendas canastas. Afrontábamos la difícil situación de llegar a los últimos quince segundos del partido con solo dos puntos de desventaja sobre nuestro enconado rival.

Llevaba grabado a fuego en mi mente la orden expresa del entrenador: «La regla sagrada es no tirar, no olvides que jamás debes tirar». Y esa era por supuesto mi intención. Pero a veces las circunstancias te juegan una mala pasada y al percatarme que el marcador electrónico indicaba los últimos segundos del encuentro, la absoluta imposibilidad de pasarle la pelota a alguno de mis compañeros; que si no lo hacía seríamos derrotados sin remedio, con mi mano derecha, ante la férrea oposición de dos contrarios, lancé con determinación a canasta.

El balón impactó con potencia contra el aro, rebotó y salió despedido con fuerza hacia arriba, cayendo entre el barullo de jugadores, defensores ellos y atacantes nosotros, para al final ser atrapado por uno de los contrincantes de más elevada estatura. Escuchamos entristecidos el estridente sonido de la bocina, que nos indicaba la consumación del encuentro, la desgraciada confirmación de la derrota, aunque solo fuera por dos pírricos y miserables puntos. Era obligado encestar, acertar con el tiro, y en mí se cebó el infortunio que le arrebató a mis compañeros la posibilidad de ser campeones, de levantar tan preciado trofeo.

Es conocido que las muestras de ánimo se producen cuando se presume próxima la victoria, las de desbordado entusiasmo cuando ésta ya se ha materializado, y el olvido más absoluto al ver malograda esa extraordinaria oportunidad. Y en esa ocasión ocurrió con arreglo al guion preestablecido. Pasamos en escasos minutos, cuando todavía dábamos la sensación de que podríamos alzarnos con el triunfo, del máximo apoyo de los aficionados y autoridades, al total desprecio hacia nosotros.

El señor concejal del área de deportes, un politicastro estúpido e ignorante, que nos había obsequiado con innumerables palabras de apoyo, y el resto de las personalidades que les acompañaban, incluido don Agustín Rocamora, abandonaron las instalaciones deportivas a toda prisa, sin ni siquiera despedirse de nosotros. Lo hicieron sin mostrarnos en más mínimo reconocimiento por el descomunal esfuerzo realizado. Ya nos lo advirtió el director y no se equivocó, «nadie tiene en cuenta al perdedor cuando apenas han transcurrido unos segundos desde el pitido final».

En el siguiente curso de bachillerato, el segundo y último, rechacé la proposición de Antonio Lois, el otro profe de gimnasia; no deseaba pasar otra vez por idéntico suplicio. Y no me arrepiento de ello, aunque ese año consiguieran alzar la copa de campeón, circunstancia de la que me alegré con absoluta sinceridad.

Solo alivió mi pena el fuerte abrazo que recibí de mi padre y en particular el de mi amigo

Julián Solano, cuya enorme ilusión por lograr ese monumental éxito ya conocía sobradamente. Sabía que se encontraría mal, apesadumbrado tanto como yo. A través de su mirada me decía que la vida en ocasiones es así, a veces te sonríe y en otras te sacude sin la más mínima piedad. Esa era otra valiosa enseñanza que no deberíamos olvidar.

Don Matías Cazorla Carrilero también se sumó a ellos, haciéndome sentir no tan culpable, a pesar de que por mi lamentable torpeza le hurté la posibilidad de poder ofrecerle a su familia y vecinos, tampoco a sus escasos amigos, tan valioso triunfo. Le arrebaté la oportunidad de sentirse importante ante ellos al menos por una sola vez, lo que sin duda le habría hecho enormemente feliz. Quizás también ese meritorio galardón le habría servido para en el futuro ser un poco más respetado por sus alumnos.

De Víctor no llegué a escuchar ni una sola palabra, se limitó a estrecharme con fuerza entre sus recios brazos durante varios minutos, a ofrecerme la muestra más sincera y emocionada de apoyo que jamás he recibido de nadie.

6

El entierro prematuro

Beatriz se negaba, entre ríos de lágrimas, a que su pequeña fuera introducida en ese opresivo y tenebroso hueco. Repetía una y otra vez lo que sería de su querida niña cuando llegara la noche; sola, encerrada en un lugar del que jamás podría escapar.

Un sufrimiento queda relegado a segundo plano cuando a éste le sucede otro de mayor envergadura, aunque no concurra en tu propia persona. La derrota acaecida en esa apasionante final del torneo de baloncesto, el continuado acoso de Ernesto Valladares y el posterior encuentro con su colega y otras penalidades ya descritas con anterioridad, nada tendrían que ver con lo experimentado aquella funesta tarde.

La noticia corrió como reguero de pólvora por todo el instituto. La menor y única hermana de Jerónimo López, había fallecido de modo repentino. Su madre, según se sabría con posterioridad, previniendo que se le pudiera hacer tarde para asistir a clase, se adentró en su cuarto y la conminó para que se levantara, desayunara con rapidez y cogiera el autobús al que apenas le faltaba escasos minutos para pasar cerca de su casa. Ni las reiteradas advertencias, ni los posteriores y enérgicos zarandeos, sirvieron para conseguir lo que ya era por desgracia un hecho irreversible.

El equipo médico de la ambulancia que minutos después se personó en su domicilio, una vez realizadas las establecidas prácticas de reanimación, confirmaría lo que Beatriz Corredor temía, pero se negaba aceptar: a su querida Raquel, de tan solo nueve años, le había venido a buscar la muerte mientras dormía con absoluta placidez. Un problema cardíaco había sido la causa, según le explicaron al padre que se presentó en casa con el rostro desencajado por tan sorpresiva y devastadora noticia.

No era habitual que a edad tan temprana se produjera un hecho de esa naturaleza, y le preguntaron sobre si la niña tenía antecedentes familiares que pudieran justificar ese triste y fatal desenlace. No existían tales circunstancias. Raquel era una niña alegre, en apariencia sana, pero por desgracia ya formaba parte de los reducidos casos que fallecían por ese motivo en un país de los llamados desarrollados.

Todos los alumnos fuimos convocados en el salón de actos del centro donde se nos comunicó tan luctuosa noticia. A los compañeros de curso de Jerónimo se nos ofreció la posibilidad de acompañarlo a él y a su familia en tan penosa circunstancia.

El conmovedor suceso nos golpeó y emocionó a todos sin excepción. Y fue ampliamente comentada la angustiosa situación por la que debía estar atravesando sus seres queridos y en particular su madre que, además, tuvo la desgracia de encontrar a su hija muerta echada sobre la cama, según se comentaba todavía caliente. Se lamentaba al pensar que, si hubiera decidido avisarla solo con unos minutos de antelación, quizás la habría hallado aún con vida. De haberle ocurrido ese trágico episodio en su presencia, las asistencias tal vez habrían podido llegar a tiempo y devolverla a la vida.

Las reiteradas muestras de apoyo de familiares y amigos en ningún instante lograron sosegar a unos padres rotos por el dolor, que se mostraban inconsolables ante las miradas de los allí congregados. Durante la misa de funeral Beatriz llegó a perder la consciencia al menos en dos ocasiones, derrumbándose como un fardo sobre el gélido suelo de la capilla del tanatorio, abarrotada como estaba ésta de público, que presenciaba esa desoladora escena absolutamente conmocionado. El padre no existía. Sin duda una potente dosis de ansiolíticos lo mantenía ausente, alejado del trágico e inesperado suceso que le había tocado vivir. Por numerosos que fueran los años de vida que le pudieran quedar, jamás volvería a sentirse como una persona. Se convertiría en un ser derrotado, ajeno a todo lo que se desarrollara a su alrededor, y solo en ocasiones puntuales y ante la insistencia de amigos y parientes respondería con idéntica frase: «Un padre nunca debería enterrar a un hijo».

Jerónimo López no era uno de los compañeros con el que tuviera más trato, por nada en especial. Nos atraían cosas diferentes, teníamos distintos gustos, y siempre existió respeto y buen trato entre ambos. Por esa razón, al observarlo a él y a su familia tan afligidos, tan terriblemente derrotados, a pesar de que lo habitual es que solo los allegados acompañen a los familiares a dar sepultura a los restos del finado, decidí desplazarme con ellos hasta el cementerio. Mi padre expresó ciertas reservas, sobre que durante la inhumación del cuerpo presenciaría inevitables escenas de descarnado sufrimiento, que podrían afectar a mi estado de ánimo. Pero, a pesar de sus bienintencionados consejos, aposté por permanecer en todo momento junto a Jerónimo.

Las muestras de dolor fueron sucesivas y desgarradoras. Beatriz se negaba, entre ríos de lágrimas, a que su pequeña fuera introducida en ese opresivo y tenebroso hueco. Repetía una y otra vez lo que sería de su querida niña cuando llegara la noche; sola, encerrada en un lugar del que jamás podría escapar. Fue preciso sujetarla con fuerza para evitar que impidiera hacer su trabajo a los empleados del camposanto que, ante tan dantesco acontecimiento, también se mostraban visiblemente afectados. Comentaban con discreción que siempre les ocurría cuando de un menor se trataba, y que aún no habían conseguido acostumbrarse. Las demostraciones de congoja eran tan enormes que después de tantos años en ese viejo y peculiar oficio todavía no lograban asimilarlo.

Todo tiene su fin, y ese episodio que conmocionó a profesores y alumnos sin excepción, incluso a toda la ciudad (pues como podrá ser intuido la infausta noticia ocupó una parte prominente en los medios de comunicación de la localidad), quedó a atrás y la vida continuó con la monótona rutina de siempre.

No sucedería del mismo modo en mi caso ya que, durante algún tiempo, más del que llegué a prever, ese trágico suceso invadió con frecuencia todas y cada una de mis noches. Fueron meses durante los que, al irme a dormir, la imagen de Beatriz abrazada con fuerza al féretro que contenía el cuerpo exánime de su querida hija, que se resistía a que fuera arrojada a la tierra, me atormentó con extrema severidad.

Ignoraba hasta cuando se prolongaría mi vida, si bien esperaba ser algo más afortunado de lo que lo había sido esa pobre niña, pero sí tal vez en comparación con el resto de los mortales. Lo temía, siempre me había inquietado que pasados unos años me pudiera ocurrir lo mismo que a la ya desaparecida Raquel, pues desde jovencito ya sabía que morir era algo además de terrible ineludible.

Había leído con anterioridad varios de los relatos del autor norteamericano Edgar Allan Poe, entre ellos *El entierro prematuro,* del que me he permitido apropiarme para dar título a este capítulo. En numerosas ocasiones me vino a la memoria la atormentada vida de Poe. Una existencia preñada de miseria económica, desdichada por lo que al amor se refiere, acosado por su adicción al alcohol y a las drogas, fallecido cuando apenas le había descontado a la vida sus primeros cuarenta años.

Pensé en lo que nos cuenta el autor en ese aterrador y magnífico cuento, en lo que sucedía a mediados del siglo XIX. En esa época eran numerosos los casos de enterramiento de personas acosadas por la catalepsia, al no disponer la medicina de entonces de los medios para discernir con certeza si la muerte era definitiva o solo en apariencia provocada por esa aterradora enfermedad cuyos síntomas producían similares efectos.

Preso de la obcecación más absoluta llegué a sospechar que a mí también me pudiera ocurrir algo parecido, en la práctica imposible en los tiempos actuales, que podría ser sepultado aún con vida, que me vería obligado a soportar mi más aterrador destino. Llegué a pensar en la intolerable presión en los pulmones, el sofocante olor de la tierra húmeda, la total y absoluta negrura de la noche, el abrumador silencio que todo lo rodea; las vestiduras fúnebres que se adhieren, el rígido abrazo de la morada estrecha, la invisible pero palpable presencia del vencedor gusano... tal y como podemos leer en su casi literalidad en el extraordinario y sobrecogedor relato del insigne escritor.

Solo el transcurrir del tiempo y la presencia de nuevos elementos que lograron captar mi atención, consiguieron que ese suceso, que sin duda había encontrado amplio acomodo en lo más profundo mi cerebro, fuera desvaneciéndose poco a poco. Y como de todo se debe procurar sacar enseñanza, también intenté hacerlo de este particular asunto.

Aprendí que a veces nos obsesionamos por situaciones en las que sin pretenderlo nos vemos involucrados que, aunque en apariencia nos parezcan importantes, en realidad no lo son tanto. Ese aciago acontecimiento me permitió comprender que eran numerosos los que sufrían igual o incluso más que yo, que a otros ni siquiera les estaba permitido experimentarlo. Desde la calma y la reflexión decidí ser más fuerte, sentirme afortunado al estarme permitido estudiar, disfrutar del incondicional cariño de mi padre y del apoyo y la amistad de mis inseparables amigos Alberto y Julián.

7

El viaje a París

*La chica de color se aproximó hasta donde me
encontraba, se colgó con naturalidad de uno de
mis brazos y comenzó a sonreír y besarme reiteradamente el rostro. Incluso lamió mis labios con su
sonrosada lengua que, por lo que recuerdo, sabia a
chicle de fresa.*

Mi paso por el instituto tocaba a su fin, y
tres fueron los años que necesité para lograr ser titulado en bachiller. Solo me quedaba
enfrentarme a la selectividad, la última prueba, que no me preocupaba en exceso. Superaría
la nota de corte para acceder a Magisterio y que
salvo que sucediera algo no previsto afrontaba
con moderado optimismo.

Me despedí de algunos profesores, de otros,
como fue el caso de don Agustín, fue al contrario al ser requerida mi presencia en su despacho. La conversación transcurrió por cauces
de normalidad y apenas se prolongó durante
breves minutos. Me guardé lo que en realidad
opinaba de él, de su modo de desempeñar su
trabajo; para qué decírselo si no iba a servir de
nada. Le habría dicho que un centro educativo
no debe ser dirigido como una empresa, ni él
comportarse como un agresivo ejecutivo. Una
institución docente es más, mucho más, al menos diferente.

Lo primero que debería comprender es que la prepotencia, ese absurdo y obsesivo deseo suyo de ostentación del poder, era lo más alejado de un modo de actuar realmente inteligente. Debería emplear sus energías en granjearse el respeto de sus compañeros y alumnos con su esforzado trabajo, siempre llevado a cabo con perseverancia y humanidad, abandonar actitudes arcaicas que a nada bueno conducen.

Lo hice con pesadumbre de don Matías Cazorla Carrilero, con el que llegué a alcanzar cierto grado de complicidad e incluso de sincera amistad, con el que tuve iniciales discrepancias que fueron solventadas siempre desde el respeto y el firme deseo de entendernos. Después de lo sucedido en la final del campeonato de baloncesto, después de ese triste y desalentador acontecimiento, no escuché de sus labios una sola palabra de reproche, ni tan siquiera un gesto que me mostrara algún tipo de desdén o resentimiento. Conocía que se encontraría mal, seguro que inconsolable y abatido, pero nunca lo pude percibir en su siempre abierta y franca mirada. Nos abrazamos con sentimiento en su modesto despacho del gimnasio y nos deseamos suerte, toda la suerte posible para el futuro.

También me acerqué a ver a mi profesor de Lengua y Literatura, que jamás se conformaba con impartir su materia, sino que siempre me regalaba provechosos consejos, recomendaciones sobre lo que más me gustaba: el cine, la música y sobre qué debía leer.

A algunos les ofrecí mi mano, que estrecharon con cortesía, pero sin mostrar el mínimo atisbo de entusiasmo. A otros no hice ni tan siquiera el amago de despedirme. No se lo merecían. Eran pésimos profesionales, quizás abocados a la enseñanza porque entendían que gozarían de una reducida jornada laboral y excepcionales periodos vacacionales. También de un salario que, si bien en el pasado fue escaso, no pocos lo tildaban hasta de miserable, en el presente podría ser calificado al menos como digno.

Se mostraban como seres desmotivados que llevan a cabo su relevante labor de forma mecánica, sin el menor indicio de ilusión y entrega. Se les notaba demasiado que no estaban en el lugar que planearon cuando eran adolescentes y aún menos desempeñando el trabajo que les habría gustado. De lo que tal vez no eran conscientes estos nefastos profesionales era del daño, del serio perjuicio que ocasionaban a sus alumnos que, al no observar en ellos un buen ejemplo a imitar, inevitablemente se veían contagiados por la apatía y el desánimo que están, no lo olvidemos, entre el peor de todos los posibles males.

Un seis. Un seis fue la nota obtenida en la prueba de selectividad, que con precisión se ajustó a lo intuido que sacaría y que colmó todas mis ambiciones. Los exámenes no fueron duros en exceso. No obstante, poseían la dificultad añadida que en ellos, a diferencia a lo que ocurría durante todo un curso, no cabía la posibilidad de rectificar. Cualquier error, cualquier despiste ocasionado por la lógica excitación que suele producirse al disponer de una única oportunidad, podría inducir al equívoco y destrozar tus expectativas.

Por fortuna nada de eso sucedió y ya me veía en la Facultad de Educación, iniciando un camino rebosante de ilusión que, aunque soñado durante interminables noches de pertinaz desvelo, vi por fin cumplido. Era consciente de la importancia de lo conseguido, que otros alumnos también se sentirían igual de satisfechos. Partir de una situación menos favorecedora, hacía que lo interpretara con una dimensión mayor, con toda probabilidad exagerada.

Pero seamos respetuosos con los hechos y el orden cronológico de lo acontecido antes de dar inicio al primer curso de Magisterio. Describiré cómo conseguimos ponernos de acuerdo sobre el lugar donde llevaríamos a cabo nuestro viaje de estudios, que no resultó en ningún caso fácil, que se produjo entre primero y segundo de bachillerato. Y no fue en absoluto sencillo cuando, durante el devenir de la primera reunión, se sometieron a votación cinco propuestas, algunas de ellas radicalmente opuestas. Decidí no intervenir en esos acalorados debates, aunque si apoyé con discreción la elección que se ajustaba más a mis particulares afanes, porque siempre me había ilusionado conocer esa bella y espléndida capital europea.

Don Mariano Carrascosa, mi admirado profesor de Lengua y Literatura, que sería el responsable máximo de la expedición, nos impuso una única condición de la que nos advirtió no pensaba claudicar, por mucha que fuera la presión que ejerciéramos sobre él. No viajaríamos, rabiáramos o pataleáramos, a ninguna zona de veraneo. Por esa razón la sugerencia de visitar cualquiera de los dos archipiélagos nacionales no le pareció oportuna. No iríamos a Canarias, ni tampoco aceptó el típico y manido viaje a Mallorca, y no entraba en sus planes la visita a la Costa Brava.

Me alegré, ciertamente me alegré. Vivía desde el primigenio instante de mi nacimiento en un espacio de similares características. No me parecía pertinente desaprovechar la oportunidad de conocer, en la que sería mi primera salida de los límites geográficos de mi región, y por lo tanto de mi país, otros territorios más ajustados a mis apetencias y particulares circunstancias. Pensaba en la capital de Francia, nada menos que en París. Esa era mi principal opción y que, por fortuna para mí, fue la que logró aglutinar un mayor número de adhesiones.

Dispondríamos de una semana, tiempo suficiente para disfrutar con lo más sobresaliente, entre lo que se hallaba por descontado la obligada visita al museo del Louvre, a la Torre Eiffel y también a su extraordinario Planetario que me hacía especial ilusión conocer. También, cómo no, recorrería sus largas y majestuosas avenidas y tampoco me privaría de dar algún paseo junto a las orillas del mítico Sena. Sin embargo, tenía serias dudas de cómo me sentaría mi primer viaje en avión. Volar me producía auténtico terror, mucho más que navegar junto a mi padre, y quería pensar que lograría soportarlo, que no se me notara demasiado.

En los días previos a la partida, Víctor se reunió en una céntrica cafetería con Alberto y Julián. Del contenido de la charla entre ellos me enteré pasados varios años, cuando creyó que ya no me importaría. El objetivo era obvio. Deseaba, tal y como había hecho prácticamente desde mi nacimiento, protegerme hasta donde le fuera posible. Lo puedo entender, comprendo que me lo ocultara en esos momentos. Me habría sentido molesto al interpretar esa decisión como una falta de confianza hacia mi persona.

—El motivo de convocaros a esta reunión es bien sencillo, aunque quizás lo analizareis exagerado por mi parte. Sí, no lo puedo negar, este viaje de Raúl, nada menos que a París, me origina sentimientos encontrados, me satisface y preocupa al mismo tiempo.

Sabía que con ellos me lo iba a pasar bien, que lo que tendría ocasión de conocer seguro que me haría feliz y cuando regresara con toda probabilidad incluso habría madurado.

—No sé si está lo suficientemente preparado para afrontar este reto, nada más y nada menos que desplazarse a otro país sin que sea necesaria mi presencia.

Sería la primera vez que nos distanciaremos durante un periodo tan prolongado y le angustiaba que me pudiera ver envuelto en alguna situación comprometida.

—Es probable que mis temores carezcan de fundamento, y me quedaré más tranquilo si me prometéis que cuidaréis de él. He pensado mucho sobre la conveniencia de plantearos esta petición.

Éramos jóvenes y entendía que deseáramos sentirnos liberados de cualquier tipo de obligación o tutela, que quisiéramos aprovechar al máximo la oportunidad que se nos brindaba.

Julián fue contundente en su respuesta, al parecer Alberto se mostró algo más tibio, pero a Víctor le parecieron suficientes las garantías que ambos le ofrecieron.

—Si lo que pretendes es que te aseguremos que estaremos pendientes de él, que evitaremos por todos los medios que algún desalmado se burle de él o le haga alguna trastada, puedes estar tranquilo. Nos conocemos desde hace tiempo y sabemos por donde podrían venir los problemas. Raúl, te lo puedo garantizar, en ningún caso no los creará.

No recordaba, durante los largos años de amistad que nos unían, que hubiera sido protagonista voluntario de alguna riña o conflicto.

—Ahora, después de haberte escuchado con atención, me siento más aliviado, sabiendo que nada grave le ocurrirá.

Otra de las imposiciones de don Mariano fue que las mañanas serían destinadas solo a visitas culturales: entiéndase museos y lugares emblemáticos de la ciudad, siempre de contenido cultural. El resto del día, concluido el almuerzo y echada la obligada y reparadora siesta, gozaríamos de plena libertad, en el bien entendido que la mínima queja recibida restringiría de manera considerable esa concedida pero no ilimitada gracia.

Entre las visitas programadas destacaré la del Louvre, según pude saber el museo más frecuentado del mundo. Solo puedo decir que me impresionó. En él tuve la oportunidad de contemplar extasiado la celebérrima *Gioconda* del no menos célebre Leonardo Da Vinci, así como los afamados lienzos de *La nave de los locos* de El Bosco. Tampoco quise perderme la *Coronación de la Virgen* de Fran Angélico y la maravillosa escultura de *La Venus de Milo* de Alejandro de Antioquia.

No podía dejar de ver, y no lo hice, la espectacular tumba de Napoleón Bonaparte, ubicada en el Palacio Nacional de los Inválidos. Sobre la Torre Eiffel, construida por Gustave Eiffel, me estremeció sus impresionantes trescientos metros de altura apuntando a la bóveda celeste. A pesar de mi acentuado vértigo, al menos conseguí disfrutar de la espectacular vista de la que se podía gozar desde esa soberbia atalaya.

No olvidaría llamar a Víctor, que se mostró preocupado y a la vez contento al escuchar que me lo estaba pasando de cine.

—Me alegro, hijo, no sabes cómo me alegro de que lo estés disfrutando de esa manera.

Me recordó que debía coger el mejor sitio que pudiera en el vuelo de vuelta, donde no se apreciaran demasiado las famosas y temidas turbulencias.

—Lo intentaré, puedes dar por seguro que lo intentaré, sobre todo por la cuenta que me trae.

Durante las tardes, en las que gozábamos de libertad casi absoluta, nada había sucedido con la suficiente relevancia que forzara a don Mariano y a los dos profesores que comandaban la expedición a intervenir, salvo alguna travesura nocturna en el hotel. Nos estaba prohibido abandonar las habitaciones, crear grupos en ellas con el consiguiente riesgo de molestar al resto de los huéspedes. Jamás se cumplió esa norma y cada noche, todas las que permanecimos alojados en el «Hotel París Notre Dame», nos reunimos en la habitación que compartían Julián y Antonio Miras, a la que nos incorporábamos Javi López y yo. Alberto también lo hizo en algunas ocasiones.

Javi López era un buen chaval, alegre y extrovertido, aunque tenía un problema, no sabía cuándo debía parar. Su incontenible propensión a contar chistes, historietas que le provocaban más risa a él que al resto de los que con estoica paciencia lo escuchábamos, y cuyas estentóreas carcajadas sobrepasaban los límites de la habitación hasta extenderse por el amplio y extenso pasillo y otras estancias adyacentes. Alguien le debió apuntar que era obligado, para que la experiencia se ajustara con precisión al tradicional viaje de estudios, realizar alguna jugarreta, una buena avería a la primera víctima que se mostrara propicia. No pudimos convencerlo, tampoco evitarlo, y fue mi amigo Alberto Aguilera el destinatario de una de esas planificadas bromas. Era bien sencillo e incluso nada original, pero resultó la mar de efectivo.

Dejaron la puerta entreabierta y sobre su canto superior colocaron un cubo de plástico cuyo contenido era una pestilente mezcla de orines y defecaciones que alcanzaba hasta las dos terceras partes del recipiente. Cómodamente recostados en las camas tan solo teníamos que aguardar al primer incauto que se decidiera a visitarnos. Y le tocó a Alberto que, empapado desde la cabeza hasta los zapatos por la mezcla de las nauseabundas sustancias vertidas, nos dejó bien claro su enorme cabreo, su irrefrenable deseo de venganza, como días después tuve la desgracia de padecer en mis propias carnes. Esos reiterativos agrupamientos, las risotadas de Javi y la desmesurada respuesta del indignado Alberto, que a gritos nos aseguró que pagaríamos un alto precio por ello, alertaron a don Mariano Carrascosa que se decidió a visitarnos.

—Os puedo asegurar que cuando recibí la llamada de recepción me costó creerlo.

Ya intuía que no éramos unos santos. Sin embargo, jamás pensó que esos problemas procederían de nosotros.

—Procuro huir de la exageración, entiendo que sois jóvenes, que deseáis divertiros, y hasta ahí podríamos estar de acuerdo.

El primer aviso ya nos había sido dado y nos gustara o no el resto de los huéspedes del hotel tenían todo el derecho a descansar y no debíamos ni podíamos hurtárselo.

Añadiría que, de recibir otra nueva amonestación, no sería tan comprensivo como en esa oportunidad.

—La primera opción que manejo es dividir al grupo el resto del tiempo que nos queda por permanecer en París. La segunda y más contundente, que os garantizo que no vacilaré a la hora de ponerla en práctica si fuera necesario, será recluiros en vuestras habitaciones hasta que consigamos un vuelo de regreso a España.

También elaboraría una extensa y dura nota para nuestros padres en la que podrían leer con pelos y señales todas y cada una de las fechorías cometidas durante esos días.

Concluyó diciéndonos que un error estaba permitido, lo puede cometer cualquiera, la persistencia en el error es imperdonable, no nos sería tolerada.

Antes de abandonar la habitación me dedicó una última mirada, en la que pude advertir su extrañeza y cierta sospecha de reproche por mi posible implicación en esos lamentables hechos. La obligada lealtad hacia el grupo no me permitió explicarle que, Raúl Soto Martínez, poco o nada tuvo que ver con esa borricada a la que, por otro lado, tampoco concedí excesiva importancia.

Éramos jóvenes, apenas unos adolescentes, inquietos y deseosos de experimentar algo nuevo y sobre todo trasgresor mientras nos encontrábamos liberados de la tutela de nuestros padres. También comprendíamos que de haber sobrepasado los límites él hubiera intervenido con la contundencia anunciada, pero en ningún caso dimos pie a que sucediera. Don Mariano me demostró que no era un ser abonado al rencor, cuando pasados varios años me manifestó el profundo respeto y aprecio que sentía por mí humilde persona.

Me gusta la astronomía, y la visita al Planetario, ubicado en la Ciudad de las Ciencias y la Industria, me hizo soñar con fantaseados viajes siderales. Todavía me asombra cómo esas enormes naves espaciales son capaces de transportar a varios astronautas y enviar complejos ingenios científicos nada menos que al planeta rojo, a Marte, así como orbitar otros mundos aún más extraños y alejados. Me sorprenden las imágenes enviadas por los dispositivos depositados en ese árido planeta, las que nos remitía la sonda Cassini desde el enigmático y lejano Saturno. Solo puedo calificar de espectacular el contemplar sus bellos anillos compuestos por miles de millones de fragmentos de hielo atrapados por la potentísima fuerza de su campo gravitatorio, recrearse con la contemplación de sus numerosas y misteriosas lunas.

La experiencia de visitar París fue extraordinaria desde todos los puntos de vista, reveladora para una persona que, como ya ha sido descrito, nunca había sobrepasado los límites geográficos de su región. Como suele suceder en la vida, en más ocasiones de las que se desearía, también me originó no pocos momentos de tensión y de descarnada amargura.

Todas, excepto una de las tardes de las que permanecimos en París, acompañé a mis amigos a dar un paseo por los más conocidos y típicos lugares de la capital. Deseaba conocer, según dicen, la librería más importante del mundo llamada «Shakespeare and Company» que se encuentra a escasa distancia de Notre Dame, un lugar que todo amante de la lectura no debería dejar de visitar, al parecer el espacio destinado a la venta de libros que acumula un mayor número de volúmenes de toda Francia. Julián, un ser sensible e inteligente, a pesar de la promesa hecha a mi padre, sabía utilizar la siempre recomendable flexibilidad cuando las circunstancias así lo aconsejaban. Me acompañó hasta la librería y me hizo prometer que no regresaría solo al hotel, al que en realidad podría volver en un cómodo paseo en el que no necesitaría invertir más allá de diez escasos minutos.

Le aseguré que así lo haría y dos horas después, tal y como habíamos quedado, me recogió en el «Hotel París Notre Dame» en el que, después de darnos una reparadora ducha, nos arreglaríamos para salir a darnos una vuelta y tomarnos algo. Le acompañé en una ocasión a una discoteca, que no me desagradó. El resto de los días, acabada la cena, decidí refugiarme en el hotel y leer un buen rato y posteriormente ver la televisión hasta caer derrotado por el sueño.

Desconocía ese dato, la conversación mantenida entre Víctor, Alberto y Julián. De esa charla surgió el compromiso de que en todo momento estaría amparado por ellos, como mínimo por uno de ellos. Y así lo hacían, aunque en esos instantes de emociones concatenadas no me estuviera permitido advertirlo. En aquella ocasión le correspondió a Alberto, que eligió, como por desgracia pude comprobar después, esa tarde para llevar a cabo su desquite, para mostrarme su rabia por lo sucedido en el hotel. Él sabía que esa broma no había partido de mí, que jamás le haría daño a nadie, y por supuesto que a él todavía menos.

Tal vez le ocurrió como a mi infelizmente recordado Ernesto Valladares, que se decantó por mí al creer que sería una presa asequible para llevar a buen puerto sus hirientes planes. Lo sucedido con el cubo lleno de inmundicias se transmitió como reguero de pólvora entre todos los integrantes de la expedición y se debió sentir mal, ridiculizado ante el resto de compañeros y se propuso hacérmelo pagar con la máxima contundencia posible.

No ignoraba, me había llegado algún comentario sobre el particular, que nos dirigíamos, después de haber tomado una fría y espumosa cerveza en una céntrica terraza, hacia el conocido barrio de Pigalle en el que está ubicado el famoso Moulin Rouge. Imaginaba lo que allí nos podríamos encontrar, que alguno de mis compañeros se atreviera a entrar con una de las chicas, y no me importó.

No era el sitio al que hubiera deseado ir, desde luego no uno de mis preferidos, pero la verdad es que no me importaba. Comprendía sus deseos, su pretensión de ver a varias señoritas aligeradas de ropa, que seguro se nos insinuarían, de las que ellos esperaban obtener algún roce o tocamiento sustancioso.

El local presentaba un aspecto aseado. No obstante, estaba decorado con estridentes colores, amplio y cómodo por otra parte. La barra del bar, situada junto a la puerta de entrada y dos sofás ubicados frente a ella, tapizados de color rojo carmesí y alguna silla aislada revestida por idéntico color, era el único mobiliario que se podía observar. También poseía varios reservados destinados al rozamiento más acentuado, aunque más discreto y al menos una estancia como tuve minutos después ocasión de comprobar.

El portero presentaba un aspecto físico desarrollado hasta la desmesura, con toda probabilidad a causa de la abundante cantidad de esteroides y anabolizantes ingeridos. Nos había invitado a adentrarnos en el local con cordialidad y una pícara sonrisa dibujada en sus bien dibujados y carnosos labios. Y así lo hicimos, y con no pocas dudas, presos por la excitación y los nervios, pudimos contemplar a las chicas que agrupadas en número de cinco se exhibían ante nuestros ojos totalmente desinhibidas. Nos mostraban sin recato lo más destacado de sus sobresalientes anatomías; lo hacían ante nosotros y el resto de los disolutos clientes que se encontraban en esos momentos en ese lugar destinado exclusivamente al alterne.

Javi López se contentó con pedir una copa e invitar a una de ellas y manosearla hasta donde se dejó hacer, el resto nos limitábamos a mirar embobados, además de excitados, claro. Me sorprendió como Alberto, minutos después, se dirigió a una joven de color, le susurró varias palabras al oído mientras le introducía con discreción algo en el bolsillo de su coloreada y bien ajustada blusa. Por desbordante que fuera mi capacidad de fabulación, jamás pensé que llegaría a tales extremos, que sería tan desalmado y vengativo, tampoco que el resto de mis compañeros le apoyaría en tan premeditada y maliciosa acción.

La chica de color se aproximó con estudiada lentitud hasta donde me encontraba, se colgó con naturalidad de uno de mis brazos y comenzó a sonreír y besarme reiteradamente el rostro. Incluso lamió mis labios con su sonrosada lengua que, por lo que recuerdo, sabía a chicle de fresa. Esa embarazosa situación no me permitió percatarme de la trama urdida por él, de las sonrisas de complicidad de los demás, que no era otra que la de forzarme a yacer con esa hembra, una mujer que yo en ningún instante había elegido.

Me arrastró hasta la habitación en la que ejercía cada día su trabajo, según supe años después el más antiguo de la humanidad. Y sin prisa, con estudiada parsimonia, comenzó a despojarse del escaso atuendo que cubría su estilizado cuerpo, dejando al descubierto, ante mis atónitos ojos, unos pechos firmes y de considerable tamaño, así como un trasero potente y respingón. Durante esos tensos minutos, mientras terminaba de desvestirse, vinieron a mi mente las más crueles imágenes. Veía a Alberto burlarse de mí a pocos centímetros de mi rostro, denunciar a voz en grito mi falta de hombría, para demostrarme que no era válido ni tan siquiera para estar con una señorita que ya había sido previamente compensada.

—Dime lo que quieres que hagamos, jovencito. Uno de tus amigos ya me ha abonado el importe del servicio. Haré todo, todo lo que me pidas.

No lo pude evitar y al verme solo, desasistido, sin posibilidad alguna de poder escapar de esa escabrosa situación, derramé varias lágrimas. Víctor no podía socorrerme, Julián tampoco, y sentí como un sudor frío recorría toda la amplia geografía de mi espalda, verdadero terror ante unos hechos que en esos instantes juzgué de pavorosos, terribles.

No estaba en absoluto preparado. Había imaginado ese momento tan especial de manera bien distinta, siempre con la mujer que amara y nunca de esa manera tan desapegada, grosera y calculada. Con un ser humano que con toda probabilidad comerciaba con su cuerpo al no disponer de ninguna otra posibilidad. Alberto Aguilera pretendía asestarme el peor y más terrible de los castigos, que me resistiera a acompañarla, y de este modo servir de burla para el resto de los compañeros y también para los otros clientes que se hallaban en el local. Ignoro como lo conseguí, pero intenté mostrarme ante ellos en todo momento sereno, digno, con la máxima naturalidad posible.

—No debes preocuparte, chaval. A lo largo de mi vida me he visto en peores situaciones. He tenido que abrirme de piernas, dejarme sobar, fingir innumerables orgasmos ante viejos babosos y desaprensivos, que tan solo buscaban que les hiciera las guarradas que sus esposas se negaban a hacerles cada noche.

Añadió que había estado con incontables borrachos y también toxicómanos. Con gentuza que en ocasiones ignora la utilidad de darse con frecuencia una higiénica ducha, que después de numerosos intentos sin lograr ni una mínima erección, habían acabado vomitando sobre ella, echándole toda su porquería en pleno rostro.

—Cálmate, no te angusties. Ya he cobrado, y tan solo haremos lo que me pidas. ¡Qué me vas a contar, más negra que el betún y de otro país! Sin papeles, explotada hasta el límite durante años y años por chulos y proxenetas que se quedaban con la mayor parte de lo obtenido por mi duro trabajo.

Había visto de todo y acostarse conmigo, me aseguró, sería el menor de los problemas para ella.

También sabía lo que era sentirse discriminada, ser observada con repugnancia, con auténtico asco.

—Si quieres que lo hagamos, lo haremos. Si te gustan las cartas, jugaremos. Si te apetece charlar, charlaremos.

También si lo deseaba podría contarle cosas de mí, de mi vida, que tampoco la imaginaba fácil.

Escucharía lo que quisiera decirle durante al menos media hora, el tiempo que me pertenecía, por el que como bien sabía había sido comprada.

Me decanté por esa última opción, y durante el transcurso de los minutos a los que tenía derecho, le describí algunos pasajes de mi aún corta pero desasosegada existencia. Después de escucharme con atención y respeto, me describió los más destacados episodios de la suya, en particular sobre los primeros años de su infancia, en los que me aseguró creía haber sido feliz.

Tan solo le pedí un favor, que era importante para mí. Mis compañeros me esperaban acodados en la barra del bar, sin duda excitados, aguardando que mi regreso se produjera a los pocos minutos de marcharme con esa mujer. Haber actuado de ese modo habría sido interpretado como un estrepitoso fracaso, la esperada derrota que al parecer les enardecía en extremo.

Por fortuna nada de eso sucedió, y Johanna, que así se hacía llamar esa espectacular hembra de color, que superaría en pocos la veintena y tal vez los ciento setenta y cinco centímetros de estatura, de figura esbelta y mirada triste, cumplió lo acordado sin desviarse lo más mínimo de lo pactado previamente entre ambos.

Encaminé mis pasos, que intenté parecieran firmes y seguros, hasta donde ellos se encontraban. Les di las gracias por el generoso regalo y estupefactos dirigieron al unísono sus miradas hacia la joven meretriz que, con un elocuente gesto del pulgar de su mano derecha, les dejó bien claro mi varonil comportamiento en el lecho. No solo actuó con arreglo a lo convenido, sino que se acercó a mí y, ante la mirada atónita de todos, me propinó un prolongado beso en mi sonrojada mejilla izquierda, a lo que sumó una pícara mirada de complicidad para añadir que aguardaba con impaciencia una nueva visita.

—Lo he pasado tan bien contigo, lo he disfrutado tanto, que espero no tardes demasiado en solicitar de nuevo mis servicios. Puede que por lo bien que te has enrollado, que hasta te haga un precio especial.

Gracias a su comprensiva actitud, no solo conseguí salir airoso de la complicada situación en la que me había visto abocado, sino que incluso logré preservar mi hombría, la que, por cierto, no tenía especial interés en demostrar. Abandonaron el local enfadados, rabiosos al haber fracasado en el intento auspiciado por Alberto que esperaban les proporcionara una buena dosis de morboso entretenimiento. No se divirtieron, lo puedo asegurar, además que vieron mermado de forma estimable el dinero que durante meses se vieron forzados a ahorrar, sufriendo por ello privaciones hasta alcanzar la cantidad suficiente para poder realizar el viaje.

La realidad es que nada de eso importaba. En esos tristes y confusos momentos lo único que deseaba era aclarar lo sucedido con Alberto. Quería mostrarle mi pesadumbre ante un modo de actuar hacia mí que jamás llegué a sospechar, que podría resquebrajar nuestra hasta entonces sólida amistad. Julián me aconsejó que descartara esa idea, que ya había hablado con él no consiguiendo que admitiera su grave torpeza, su cruel e injusta manera de proceder.

A pesar de sus sólidos argumentos decidí conversar con Alberto Aguilera. Dejaría transcurrir unos días y ya de regreso a casa le llamaría para intentar esclarecer la situación. La respuesta que me ofreció ante mis comedidas quejas por lo sucedido me defraudó hasta el extremo, hasta el punto que nuestra relación que, en los últimos meses, aún ignoro la razón, se había enfriado bastante, terminó por deteriorarse por completo. La conversación se desarrolló en similares términos a lo que podrá ser leído a continuación.

—¿Cómo se puede ser tan bobo, tan plasta, tío? No pasa nada. Me juras y perjuras que no tuviste nada que ver con lo del cubo ese de plástico lleno de mierda y meados hasta arriba que pusisteis sobre el canto de la puerta de vuestra habitación.

Él no lo veía tan claro, me aseguró que no lo tenía tan claro.

Admitió que era posible que no hubiera meado en él, sin embargo, creía que hice muy poco o apenas nada por evitarlo.

—Tú me la jugaste, o al menos colaboraste, con la putada esa del hotel. Me llenasteis de porquería de arriba abajo, lo que me obligó a estar tres días oliendo a mierda sin parar, a pesar de las innumerables ocasiones en las que me metí en la ducha, de las veces que me restregué y restregué hasta dejarme la piel al rojo vivo.

Me decía a gritos y haciendo todo tipo de aspavientos que por mucha que fuera la cantidad de colonia que se echara no podía evitar oler a mierda, también a orines y principalmente a mierda.

—Y ahora me vienes lloriqueando, que no entiendes lo que pasó en la «Rosa azul», pues es bien sencillo. El que se la hace a Alberto Aguilera lo paga, más temprano que tarde lo paga.

También me tildó de desagradecido, que tan solo me habían invitado a pasar un buen rato.

—¿Dónde está el problema, colega? Es probable que la prostituta elegida no terminara de molarte, aunque ya se sabe, el que paga elige. Si lo piensas bien en realidad no existió tal agravio, tú eres como eres y ella era de color. Se trata de enrollarse y no dar la murga, colega. Me fastidiasteis a mí y yo te jodí todo lo que pude a ti.

Al resto ya les llegaría su momento, sobre eso no debería albergar ni la más mínima de duda.

Cuando por fin conseguí hablar, fue para reiterarle mi hondo pesar por su forma de proceder, cruel y desmedida con quien hasta no hace demasiado lo consideraba un amigo, uno de mis escasos y más valiosos amigos.

—Ya vale, tío, no te aguanto ni un minuto más. Mañana no lo sé, pasado un tiempo puede, pero hoy como sigas con tus lamentos y gimoteos vas a lograr que eche la pota, hasta incluso la primera papilla que me dio la jodida comadrona.

A continuación, añadió que estaba harto de cuidar de mí, de verme siempre con la misma cara de lástima que, por si no me había dado cuenta, no era mi perfecto e idolatrado padre.

—El problema es que tú crees que solo a ti te suceden ese tipo de situaciones. Yo también he tenido alguna experiencia que otra, por cierto, poco o nada agradables, lo que ocurre es que no voy contándoselo a todo aquel con quien me tropiezo por la calle.

Le respondí que en esas duras palabras solo había falsedades. Sabía también como yo que jamás me quejaba ni por supuesto me dedicaba a pregonar a los cuatro vientos cuanto me sucedía, ni siquiera a Víctor, que se solía enterar de esos episodios a través de terceros.

Es obvio que no atendí los consejos de Julián, pero no me arrepiento. Debía intentar aclarar nuestra situación de una vez por todas y así lo hice. Nunca se termina de conocer a las personas, y ese es un duro aprendizaje por el que transitamos y transitaremos sin poder evitarlo.

Él sabía que no había intervenido en esa burda y disparatada gamberrada. Lo sabía. De haberme preguntado le habría contado que hice lo posible para evitar que se llevara a cabo que, de todas formas, ignorábamos quien empujaría la puerta, que podría haber sido cualquier otro compañero. Su respuesta fue desmesurada, cruel y premeditada, pues tan solo perseguía hacerme daño, mucho daño. La última frase que me escupió, la triste comparación entre esa joven trabajadora del sexo y yo, me abrió los ojos de manera definitiva y me hizo comprender que, cuando no puede ser, es imposible. Es otra lección que conviene meterse en la cabeza y cuanto antes mejor. La relación entre Alberto Aguilera y yo había pasado a otro plano, en esos momentos de dolorosa angustia temí que incluso a mejor vida.

Tal vez la apurada situación económica por la que estaba atravesando su familia en ese particular periodo, como supe tiempo después, explicara, que no justificara, ese modo de proceder hacia uno de sus escasos amigos en aquella época. Su padre, al parecer un ser apocado y de limitadas capacidades, a pesar de intentarlo por todos los medios a su alcance, no conseguía enderezar el rumbo de su modesta empresa. Arrastraba deudas e impagos y recelaba que, en no demasiado tiempo, acabara en manos de varias entidades crédito que ya lo amenazaban con reclamarle esos ya abultados débitos por la vía judicial.

Esa sensación de amarga frustración e inevitable derrota, sumadas a las predecibles dificultades, había impregnado a toda la familia al completo y también a mi hasta no hacía demasiado amigo Alberto. Esperaba que esa fuera la razón, la única y verdadera razón que lo excusara de su hiriente e innoble comportamiento hacia mi persona.

8

Tenía motivos

Intentó salir corriendo, zafarse de esos tres individuos que perseguían causarle un grave perjuicio. Pero a pesar de pelear hasta agotar sus fuerzas no lo conseguiría, sería finalmente sometido a sus libidinosos deseos.

Me resistía a creer que los problemas de su padre con sus ruinosos negocios fueran los únicos causantes de esa forma de comportarse de Alberto hacia mí. Y recuerdo, todavía recuerdo a pesar del tiempo trascurrido, una de las frases que me escupió cargadas de amargura a escasos centímetros de mi rostro.

La cuestión de fondo es que tú piensas que solo a ti te suceden este tipo de situaciones. Yo también he tenido alguna experiencia que otra, por cierto, bastante desagradables, lo que ocurre es que no voy contándoselo a todo aquel con quien me tropiezo por la calle.

Y dándole vueltas a esas frases pensé que debía haber algo, algo más y sobre todo más grave. Y esas reflexiones me impulsaron a llamar a Julián Solano para quedar y hablar extensamente con él. Quizás tuviera algún dato que yo ignoraba y por alguna razón que desconocía había decidido ocultármelo, actuar con cautela. Puede que hasta él se lo hubiera pedido, que esa fuera la causa por la que él se viera obligado a mantener esa promesa.

Pasados unos minutos recibiría un mensaje suyo en el que me decía si me venía bien que nos viéramos, que hacía tiempo que no lo hacíamos y que deseaba hablar un rato conmigo. Y decidí que ese podría ser el instante oportuno para intentar liberarlo de su férreo silencio y de paso tratar de arrancarle ese intuido secreto.

—Ya deberías saber, conociéndome como me conoces que aunque fuera verdad lo que me acabas de insinuar jamás te lo diría. Solo te contaré por si te sirve de algo que, tal y como supones, algo más existe. Lo de su padre no es por supuesto lo único, ni siquiera lo más importante de lo que podría explicar esa forma de actuar de Alberto hacia ti.

Sus argumentos me parecieron lógicos e inapelables y por esa razón no insistí. Era un ser justo y equilibrado y si él había decidido no desvelar nada sobre esa cuestión poco podría hacer.

Sería Julián, por iniciativa propia, el que observando que no me encontraba bien, que mi estado de ánimo lejos de mejorar empeoraba por momentos, el que me llamaría pasados unos días para conversar de nuevo sobre ese delicado asunto.

—No sé si eres consciente de la que se podrá liar si llegara a enterarse que yo he sido el que te ha contado por el mal trago que pasó no hace demasiado. Se podría organizar la mundial y me arriesgo a que actúe conmigo de la misma forma en la que lo hizo contigo.

Ya conocíamos que era un buen chaval, y también sabíamos que si le dábamos los suficientes motivos se podría descontrolar con gran facilidad.

—Lo tengo claro, me he relacionado con él tanto como tú, y por supuesto que soy consciente de la trascendencia de lo que me estás diciendo. Soy una tumba, Julián. Jamás saldrá de mi boca ni una sola palabra sobre lo que al final decidas contarme.

Escuchada la firme promesa de que bajo ningún concepto esa información transcendería, que ni siquiera a Víctor se lo diría, mirando en mis ojos durante unos segundos comenzó a desgranar sus primeras palabras.

—Para empezar, te diré que tiene motivos, que nuestro común amigo por desgracia tiene motivos más que sobrados para estar como está, para sentirse realmente fastidiado. En su estado el mandarte a freír espárragos estaba más que justificado si creía que tú habías sido uno de los ejecutores o que al menos apoyaste esa broma de pésimo gusto del hotel.

—Comprendo que en un primer instante lo estuviera. Pero lo que me cuesta entender es que, después de jurarle y perjurarle que nada tuve que ver, insistiera en esa forma de proceder, no me creyera y me hablara con el desprecio que lo hizo, dándome a entender que era poco menos que un paria, un desgraciado con mayúsculas y que ya nada quería saber de mí.

No podía imaginar lo mal que me sentí después de recibir ese trato tan injusto.

—Le verás todo el sentido cuando te describa el calvario por el que se ha visto forzado a pasar.

Y me lo contó sin ahorrarse el más mínimo de los pormenores.

—Es probable que Jorge López, además de tú y yo, fuera hasta entonces uno de sus mejores amigos. Vivía en el quinto de su mismo edificio, una planta por encima de la suya, y si bien es dos o tres años mayor que nosotros, sin embargo, siempre habían mantenido una excelente relación. Sus respectivos padres se llevaban bien, salían incluso juntos a cenar o a pasear con cierta regularidad, y cuando nadie ni siquiera podría suponérselo sucedió.

—¿Y qué ocurrió? —le pregunté impulsado por imperiosa la necesidad de conocer lo acontecido entre ambos.

—Todos sabíamos de la inclinación sexual de este chico. Todos lo conocían, también nuestro colega. Pero nada le hacía sospechar que su amigo perdiera la cabeza y se atreviera a proponerle, después de insinuársele en varias ocasiones, mantener contacto carnal con él.

—Imagino que se negaría y como consecuencia de esa negativa surgió el problema.

—En efecto, así fue.

—¿Y qué sucedió? Cuéntame hasta donde tú creas que debas decirme.

Alberto solía salir a correr casi a diario, por lo general por las tardes, cuando el calor comenzaba a remitir, salvo que alguna dificultad de fuerza mayor se lo impidiera. Siempre procuraba cumplir con esa ya acostumbrada práctica. Tras una hora de esfuerzo continuado, ya oscureciendo, regresaba a casa, se duchaba, cenaba y se ponía un buen rato a estudiar. En una de esas ocasiones tendría una sorpresa, una más que desagradable sorpresa.

—Lo estaban esperando tres, Jorge y dos de sus colegas. Se encontraban apostados detrás de un seto, y aprovechándose de la oscuridad que reinaba en ese espacio, se presentaron ante él con actitud amenazante. Jorge no le perdonaba su rechazo a sus ya numerosos ofrecimientos. Le dijo que había llegado el momento de poner en práctica aquello por lo que suspiraba desde hacía tiempo, que no le permitiría ni un solo desaire más.

Le ofreció hacerlo por las buenas, con paciencia y delicadeza. O por la fuerza que para él sería sin duda más estimulante, si bien dudaba que lo fuera para nuestro común amigo.

Preso de la desesperación intentó salir corriendo, zafarse de esos tres individuos que perseguían abusar de él, causarle un grave perjuicio. A pesar de pelear hasta agotar sus fuerzas no lo conseguiría, al final se vería sometido a sus libidinosos deseos.

—Nadie sabe nada de esto, ni siquiera sus padres. Solo a mí me confió entre lágrimas su terrible secreto. Y el problema es que uno de ellos, todavía mayor que Jorge, le advirtió que si se iba de la lengua esa situación se podría volver a repetir. Así que está conmocionado por lo ocurrido y muy asustado porque teme que esa agresión se pueda volver a producir.

—¿Y tú qué opinas sobre si existe un riesgo real de que sea atacado de nuevo?

—Creo que no y además ya se lo hice saber.

—¿Y qué te hace pensar en que no insistirán?

—A Jorge lo conozco, habíamos coincidido en varias ocasiones en la casa de Alberto. En realidad, no me caía mal, y por esa razón decidí arriesgarme y hablar con él.

—¿Y qué pasó, cuéntame cómo acabó todo?

—No lo tenía precisamente claro, me costó más de lo que podrías suponer. Al final resultó difícil, aunque no tanto como llegué a temer. Eso sí, me llevé un par de buenos mamporros y no pocos arañazos, nada comparable a los numerosos golpes que yo le propiné en el morro a ese pájaro.

El acosador se llevaría una desagradable sorpresa al observar que Julián no se presentó solo a la cita. Iba acompañado por dos de sus primos, dos consumados atletas, fortalecidos tras múltiples horas de gimnasio y cuyo aspecto lo desconcertó y sobre todo atemorizó, y alarmado por lo que podría suceder, comenzó a decir:

—¿No sé qué pretendes con la presencia de estas dos bestias? Solo recuerdo haber quedado contigo para hablar, solo contigo y con nadie más.

—De igual modo que te hiciste escoltar por dos de tus estúpidos amigotes para intimidar, golpear y con posterioridad abusar del pobre Alberto, he pensado que podría ser útil actuar de la misma forma para hacerte entender, por las buenas o por las malas si fuera necesario, que lo del otro día no volverá a pasar, que te mantendrás alejado para siempre de mí amigo.

Le respondió que no comprendía sus quejas, que tampoco era para ponerse así. Había tenido la posibilidad de degustar una nueva experiencia, eso sí, le aseguro, una experiencia que no olvidaría durante mucho, mucho tiempo.

—El problema es que no la deseaba. Lo obligasteis por la fuerza a hacer algo que le repugnaba.

—Bueno, qué le vamos a hacer, así es la vida. Seguro que no serán pocos los que suspirarían por poder mantener un encuentro sexual de máxima intensidad con tres jóvenes tan fuertes, inteligentes y atractivos. Sin embargo, como fue el caso de nuestro amigo, por lo que parecía no lo fue tanto, diría que sufrió más de lo necesario. Y lo lamento, me hubiera gustado que lo gozara, igual que lo gozamos mis amigos y por su puesto yo, especialmente yo.

Ante esa respuesta no se pudo contener y se abalanzó sobre él. Sus primos habían recibido la orden expresa de no intervenir salvo que fuera necesario, salvo que él también se presentara acompañado.

La diferencia en años y robustez no le impidió a mi amigo golpear con dureza a su contrincante, que hacía lo que podía para repeler los puñetazos y patadas que éste trataba de asestarle. Tras más de quince minutos de intensa pelea, ya ambos con la totalidad de las fuerzas consumidas, finalizaron las hostilidades.

—¿Y cómo acabó todo, te aseguró que ya no lo volvería a molestar?

—No, no lo dijo, aunque tampoco creo que pudiera hacerlo, pues le dejé el morro bastante lastimado. El resultado de ese enfrentamiento me hace suponer que se lo pensará dos veces antes de atreverse a molestarlo de nuevo.

—Me alegro que así sea, que por fin deje tranquilo al pobre de Alberto.

Y le pregunté si había resultado muy dañado tras la rabiosa riña con ese pedazo de cabestro, a lo que me respondió que en realidad no demasiado, mucho menos de lo que imaginaba cuando decidió enfrentarse él.

—Le machaqué la jeta, pero bien, para que al menos durante una buena temporada no pueda vanagloriarse de lo guapo que es.

Era físicamente inferior a él, por lo que se vio forzado, para contrarrestar ese claro desequilibrio, a emplear todos los trucos y artimañas que le vinieron a la mente en esos complicados momentos.

—Los trucos y artimañas de cuando íbamos a Primaria y que yo nunca me atreví a utilizar.

—Le aticé en el rostro en varias ocasiones, también en el estómago e incluso acerté a propinarle un potente impacto en el hígado que acusó de forma clara.

A pesar de esos duros golpes, viendo que no se amilanaba, temiendo ser derrotado, utilizó otros argumentos.

—En un momento determinado, ya apenas con fuerzas para continuar, le propiné una buena patada en toda la boca. Debió hacerle efecto, al observar cómo introducía en ella uno de sus dedos y sacaba un diente o puede que hasta dos.

—Menos mal que no terminaste demasiado averiado.

—Y al verlo totalmente derrotado, casi suspirándome para que no le atizara todavía más, me sentí bien, feliz como desde hacía tiempo no recordaba.

Añadió que los hematomas que presentaba en su mejilla derecha y también en su barbilla tardaron varios días en desaparecer, que si no llegué a percatarme de ellos fue porque se guardó de quedar conmigo hasta que esos dolorosos rastros de la trifulca se hubieron evaporado. Los restos de la cicatriz de su muñeca izquierda, producto de la feroz mordedura que le propinó su enrabietado adversario, tardaría algo más en perderlos de vista.

Me aconsejó que le diera tiempo, todo el que necesitara hasta que asumiera lo sucedido, que él no era culpable, que le podría haber ocurrido a cualquiera.

—Jorge continuó viviendo durante algunos meses más en su domicilio habitual, por lo que era inevitable que se vieran. Y en todas las ocasiones en las que coincidieron Alberto sufría un ataque de pánico. Un repentino traslado del padre de su acosador propiciaría que se relajara, se confiara al ver como transcurrían las semanas y no terminaba de aparecer.

Por el vecindario se rumorea que ese inesperado cambio no fue en absoluto casual, que algún nuevo conflicto debió ocasionar que obligara a la familia a mudarse con la máxima celeridad y discreción.

Me comprometí, tal y como me indicó, a no llamarlo, a dejar que lo hiciera él.

—Lo hará cuando se encuentre mejor, solo cuando crea que todo ha pasado. He escuchado que el tiempo lo cura todo, y yo espero que ese conocido vaticinio también se cumpla en el caso de nuestro colega, que pronto nos podamos volver a reunir los tres para hablar de nuestras cosas.

Me dijo que no imaginaba lo que echaba de menos nuestros paseos, las ocasiones en las que íbamos al cine y después a tomarnos una fría jarra de cerveza o cualquier otra cosa que en ese momento nos apeteciera.

—Yo también, puede que tal vez incluso más que tú. Estoy deseando verlo, abrazarlo, sentir su calor y hablar de nuevo con él. Decirle que por mi parte todo está olvidado, que mi único propósito es recuperar la relación que siempre tuvimos hasta que sucedió lo de esa pueril y estúpida broma en el hotel.

Y le costó, pues hasta decidir dar ese trascendente paso y volver a encontrarnos de nuevo transcurrió tiempo, para desgracia de ambos demasiado tiempo.

9

El Lorena

Todavía era un hombre relativamente joven, fuerte y con buen aspecto físico, y si no tenía pareja era por voluntad propia, porque ni siquiera lo había intentado; creería que una nueva relación tal vez podría alejarnos, entorpecer de algún modo nuestra convivencia.

Tenía por delante un prolongado periodo vacacional para el que no había previsto nada en particular. Deseaba estar tranquilo, reflexionar sobre mi próximo ingreso en la Facultad de Educación para cursar Magisterio, en la que ya había formalizado mi matrícula de ingreso. Con Julián hablaba por teléfono de vez en cuando, veraneaba en un lugar algo distanciado de donde lo hacíamos habitualmente mi padre y yo. Durante esos dos largos meses de vacaciones quedamos en varias ocasiones para conversar y tomarnos algo. Era un buen estudiante, disciplinado y trabajador, de carácter abierto y extrovertido, y cursaría sus estudios de ingeniería en la Universidad Politécnica de la ciudad.

Víctor me proponía a menudo que lo acompañara a navegar con *El Lorena* y atendí sus deseos en un alto porcentaje de las ocasiones, aunque no con la asiduidad de años anteriores. Me duele decirlo, pero era algo que no me apetecía, que me sobrepasaba absolutamente.

Nunca me ha gustado navegar, los bandazos de la embarcación me remueven el estómago, por calmado que se encuentre el mar, y en esos instantes me sentía con la suficiente fuerza para declinar alguna vez que otra sus continuos ofrecimientos.

Conocía que no lo haría solo, que participaría en varias regatas junto a Rodrigo e incluso con mi tío Luis, al que en la mayoría de las ocasiones conseguía convencer para que lo acompañara. El hermano menor de mi madre era de buen beber y aún mejor yantar, y la promesa de que una buena proporción de esas travesías concluirían en una conocida y bien abastecida cervecería, donde podrían disfrutar de un suculento aperitivo o si les apetecía hasta quedarse a almorzar, le despejaba cualquier atisbo de duda.

Y así transcurrían los días, también las semanas, sin nada destacable que debiera ser reseñado. Me daba un baño corto a primera hora de la mañana, a eso de las nueve, antes que el sol me causara daño en mi delicada piel. Escuchaba música durante la siesta en la terraza, el lugar más fresco de la casa, y por la noche alternaba la lectura con el cine.

En la sala de verano se podían ver películas no del todo malas, algunas hasta podrían ser calificadas de notables, aunque escuchar los diálogos era harina de otro costal; filmes recientes que habían sido estrenados en la ciudad con apenas unas semanas de antelación. Para sobrellevar la incomodidad de sus destartaladas y ruginosas sillas metálicas se hacía recomendable traer de casa un mullido cojín, tal y como corresponde a la costumbre cuando se decide visitar cualquiera de esas salas.

Y ese era el plan, mi plan, hasta que aconteció lo del *Lorena.*

No son habituales las tormentas en el litoral levantino, aunque tampoco es extraño que, durante la última semana de agosto, se agite el mar producto de alguna fuerte ventisca, acompañada por una rápida y torrencial lluvia y en ocasiones con gran aparato eléctrico incluido.

Mi padre me aseguró que *El Lorena* había sido amarrado a conciencia, pero el día siguiente a una de esas tormentas pudimos comprobar que esa operación había resultado poco eficaz. Los destrozos sufridos por la embarcación fueron más que apreciables y después de unos segundos de atenta inspección ocular no estaba clara la pertinencia de una posible reparación.

Tras haber partido varias amarras, el barco había impactado una y otra vez contra el muelle de hormigón del puerto deportivo. La totalidad de la proa se hallaba sumergida, dejando a la vista la zona central y la popa, con el timón y la hélice fuera del agua casi en su totalidad. Al final coincidimos en que no era aconsejable su recuperación, y ni siquiera lo intentó.

—Qué mal me siento sin *El Lorena,* Raúl. Te he hablado muchas veces de los largos paseos que dábamos tu madre y yo en él cuando tú aún no habías nacido.

Recordaba aquella ocasión en la que le acompañó estando ya en avanzado estado de gestación.

—Navegamos juntos, disfrutamos compartiendo momentos tan maravillosos que, por muchos que sean los años que pasen, jamás olvidaré.

Era mucho más que un barco, representaba para Víctor el vivo recuerdo de mi desaparecida madre, la añoranza de un tiempo feliz del que sabía no volvería a disfrutar.

—Después de navegar durante un buen rato, fondeábamos el ancla y nos dejábamos mecer por el alternativo movimiento de las olas. En esos instantes de máxima placidez, abrazados, siempre abrazados, hablábamos del futuro, del hijo que esperábamos con la máxima ilusión, de ti. Y ahora lo he perdido, por mi imprudente estupidez lo he perdido.

Añadió, con los ojos inundados de lágrimas, lo mal que lo había pasado mientras permanecí en París, que esos días se le hicieron largos, muy largos, poco menos que interminables.

—Tus videoconferencias diarias lograron que mi soledad fuera un poco más soportable, y créeme que lo pasé fatal. Me encuentro solo, Raúl. Durante tu estancia en Francia medité sobre este asunto y me di cuenta de esta cruda realidad y he llegado a asustarme al verte crecer y abrirte paso en la vida.

Pensaba que llegaría el instante en el que apenas lo necesitara, en el que podría ser totalmente independiente, y eso le aliviaba y aterraba en similar proporción.

—Y me alegro por ello. No imaginas las ocasiones en las que he reflexionado sobre lo que sería de ti en el futuro, un futuro que hoy preveo mucho más despejado.

Se sentía mal, me rogaba que lo creyera cuando me decía que se sentía realmente mal.

—¿Qué va a ser de mí cuando a primeros de octubre des comienzo a tu carrera y regreses a casa tan solo los fines de semana? Habrá algunos que, por cercanía de exámenes, o simplemente porque te apetezca quedarte con tus compañeros, ni siquiera será posible que nos veamos.

En los próximos días celebraría su cuarenta y nueve cumpleaños y se sentía solo, perdido, sin saber qué hacer con su vida, hacia donde encaminar sus pasos.

—Cálmate, aunque comprendo que te encuentres mal. Sé igual que tú lo que representaba *El Lorena* para ti, pero en realidad tan solo era un barco.

Solo era un objeto, fibra de vidrio, algunos cables de acero de mayor o menor grosor, varios paños de lona y un motor casi achicharrado por incontables navegaciones y poco más.

—Son elementos que pueden ser sustituidos sin excesiva dificultad por otros. Y no me creo que porque se haya hundido los recuerdos de mi madre desaparezcan de tu mente de un día para otro. Eso no ocurrirá y lo sabes. Cuestión bien distinta es que te encuentres solo, y este si es un asunto, un problema que deberíamos solucionar con la máxima celeridad posible.

Le ayudaría, y desde este mismo instante le anuncié que renunciaría a compartir piso con mis compañeros en Murcia.

—Recordarás que fue a propuesta tuya, que deseabas evitarme el molesto trasiego de ir y venir todos los días. Sacaré un bono para el autobús, y regresaré cada día para estar a tu lado.

—Gracias, *Tormento*, jamás me he sentido defraudado cuando he precisado de tu ayuda. De todas formas, medítalo, tienes tiempo más que de sobra, y decide lo que mejor te convenga. Ya sabes que me dolería en el alma perjudicarte.

—Ya lo sé, jamás ha pasado por mi cabeza que en algún momento hayas pensado perjudicarme.

Todavía era un hombre relativamente joven, fuerte y con buen aspecto físico, y si no tenía pareja era por voluntad propia, porque ni siquiera lo había intentado; creería que una nueva relación tal vez podría alejarnos, entorpecer de algún modo nuestra convivencia.

Es conocido que, en el caso de los viudos o separados, cuando les acompaña algún hijo de otra unión anterior, lo tienen aún más complicado para iniciar y sobre todo consolidar un nuevo vínculo. Lo vi especialmente abatido, sin ánimos para continuar y me permití darle un último y creo que atinado consejo.

—Hace escasos diez días tuve la oportunidad de escuchar una larga e interesante entrevista realizada a un prestigioso psiquiatra de nuestro país que reside desde hace varias décadas en la ciudad de New York. En ella nos contaba que cuando nos surge un problema, si encima nos deprimimos, ya no tendremos uno, pues al inicial conflicto le habremos sumado otro, ya padeceremos dos. Entonces si poseeremos razones suficientes para estar deprimidos.

La cuestión era bien sencilla. Si el problema tenía solución se le pone, y de no tenerla, lo mejor, lo sensato, es olvidarlo.

Le insistí en la idea de que todavía estaba a tiempo. Gozaba de buena salud, poseía un atractivo físico nada desdeñable y por lo demás disfrutaba de un trabajo decente y estable, no del todo mal remunerado. Ya debería saber que yo en ningún instante sería el origen del problema.

—El trayecto, un alto porcentaje del recorrido lo hacemos solos, aunque es verdad que la mayoría procura evitar esa a veces insoslayable y dura realidad.

Encontraría a una mujer que lo quisiera y respetara, que lo hiciera feliz y siempre me tendría a mí, que no debía olvidar que era su hijo, su único hijo.

—Siempre, bajo cualquier circunstancia, estaré a tu lado cuando precises de mi ayuda. Sobre eso no deberías tener la más mínima duda. Búscate a una buena mujer e incluso tened hijos si os es posible.

No debería sufrir por mí, creía haberle demostrado de sobra ser una persona con recursos, con amplia capacidad para soportar los envites de este en ocasiones perro mundo.

—Ya es suficiente con que uno de los dos lo haga solo, que con toda probabilidad es el futuro que me aguarda, el que desde hace años tengo asumido. ¿Acaso crees que yo lo tengo mejor?

—Ya lo sé, Raúl. Me cuesta asimilarlo, no imaginas como me cuesta. Siempre he sabido que no lo tendrías precisamente fácil.

También le dije que debía aceptar lo de mamá, que ya habían transcurrido más de dieciocho años, y con todo el cariño del que era capaz de demostrarle proseguí diciéndole:

—Yo sí he decidido vivir solo. Terminaré mis estudios y en cuanto pueda me independizaré. Todos tenemos problemas, Víctor, yo el primero. A preguntas del entrevistador, el psiquiatra contó una anécdota bastante jugosa y bien esclarecedora. Una señora, cuyo esposo la había dejado hacía más de un año, le preguntó que cuándo superaría la terrible pérdida de ese ser querido. La respuesta fue escueta a la vez que contundente.

Le respondió que su angustiosa situación comenzaría a mejorar cuando aceptara esa pérdida. Saldría de ese socavón emocional que la tenía inmovilizada cuando asumiera, no exenta de dolor, que no regresaría jamás.

A mí también me habían ocurrido cosas, situaciones duras que en su momento decidí ocultarle para evitar aumentar sus ya numerosas preocupaciones.

—No conoces en su totalidad lo que sucedió hace años cuando descansábamos en el parque

que se encuentra cercano a casa. Todavía tengo grabada en mi memoria la mirada desconcertada de ese niño clavada en mi rostro, un rostro raro, desagradable y desconocido para él. En apenas unos segundos me descubrió algo a lo que hasta entonces yo era ajeno, que era con toda probabilidad un niño diferente, muy diferente a los demás.

La principal consecuencia de ese suceso es que se rompería en mil pedazos la burbuja de cristal que con tanto esfuerzo y amor había construido para mí, y con ella, lo puedo asegurar, se llevó por delante una parte importante de mi felicidad y el cien por cien de mi ingenuidad.

Tampoco llegó a enterarse de la totalidad de lo que ocurrió, del continuo acoso al que me vi sometido en el instituto durante meses por Ernesto Valladares; de lo sucedido en los retretes y de la posterior visita del tal Noriega, de la que aún guardo alguna señal en mi cara. Le dije que fue un animal, un perro, que los numerosos arañazos que presentaba mi rostro y los destrozos en mi ropa habían sido causados por un pastor alemán, aunque creo que no terminó de creérselo. No supo todo lo acontecido durante mi estancia en París, que me hizo disfrutar y padecer en similar proporción.

Mientras escuchaba con la máxima atención, por sus gestos puede deducir lo mal que se sentía, que habría, de haber podido hacerlo, permanecer siempre a mi lado para protegerme y evitar que me ocurrieran toda esa sucesión de penosas situaciones.

—Lo habría dado todo por tener la oportunidad de acompañarte, de poder ayudarte en esos dolorosos momentos.

—Todas y cada una de estas lamentables circunstancias no han conseguido debilitarme. En vez de hundirme todavía más en el fango, me han servido para hacerme aún más fuerte si cabe. Siempre lo supe, Víctor. Siempre creí que debería luchar el doble o el triple que la mayoría. Y en ello estoy, ojo avizor, sin bajar la guardia ni desistir siquiera por un segundo en ese arduo y comprometido empeño.

—Ya lo sé, hijo, o es que crees que no me dado cuenta de las horas que le dedicas al estudio, por descontado que muchas más que la mayoría de tus compañeros, pues a algunos de ellos los veo de paseo por ahí y tomándoselas como si no fuera con ellos.

En todo momento había valorado ese descomunal esfuerzo, lo había sufrido y disfrutado en la misma proporción, sabiendo que esa forma de actuar era la única que me podría asegurar mínimamente el futuro.

Los periodos de incertidumbre habían sido numerosos durante todo este tiempo; dudas originadas al comprobar que yo precisaba de más esfuerzo para comprender y memorizar conceptos que otros compañeros y que, a pesar de ese significativo sacrificio, por lo general tan solo conseguía un apurado aprobado.

—Han sido muchas las horas de encerramiento para lograr no quedar descolgado y evitar que la desconfianza se adueñara de mí.

Ahora soy más fuerte, más capaz, tengo claros mis objetivos: disfrutar enseñando a mis niños y marcharme de casa cuando me sea posible lo que, insisto, no significará que nuestra relación vaya a perder en calidad ni en intensidad.

Esa era la única solución que podría resolver su problema y el mío, que preveía de cara al futuro.

No deseaba compartir mi vida con un ser acomplejado, despojado de toda ilusión, que era más que probable que acabara destrozando también la mía.

—Ese no serías tú, el Víctor al que me he acostumbrado, mi querido y respetado padre. Con cuarenta y tantos años, con otros probables cuarenta por delante, se debe mirar la vida de otro modo, con más realismo y sobre todo con una buena dosis de optimismo, porque los pesimistas por lo general no viven, solo sobreviven.

Y le dije con firmeza que saliera de casa, que abandonara esas cuatro paredes que lo estaban asfixiando, que se pusiera en el escaparate, buscara, y si le era posible, que iniciara una nueva relación sentimental.

—Te repito por enésima vez que yo solo seré feliz si tú también lo eres. Mi vida está trazada y salvo sorpresa hacia esa meta me dirijo. Sé que son argumentos, reflexiones puede que impropias para un joven de mi edad. Estos los efectos, los posos de una vida dura y en demasiadas ocasiones cruel, aunque tú siempre hayas intentado protegerme de esa triste y desoladora realidad, que no lo fuera.

10

Parecía una diosa griega

El tiempo venció al tiempo y después de coincidir en varias ocasiones en la cafetería de la facultad, tras saludarme con una turbadora sonrisa dibujada en sus preciosos y apetecibles labios, se dejó invitar a un burbujeante refresco de cola.

Mi irrupción en Magisterio fue de alguna manera como en anteriores experiencias, del mismo modo que afronté el bachillerato y el incierto examen de Selectividad. La estrategia era bien simple, y no era otra que la de aprovechar el tiempo al máximo, no crear problemas a los profesores, actitud nada recomendable que suele causar conflictos añadidos, no deseados. Continuar con la fórmula que había puesto en práctica en el pasado y que me había proporcionado notables resultados.

Sabía que durante mis estudios universitarios (que bien sonaba esta expresión, todavía no me había acostumbrado a utilizarla), debería redoblar mis esfuerzos, prestar la máxima atención a las explicaciones de los profesores, pues creía que, de hacerlo, parte del trabajo ya estaría hecho. Sin embargo, no renunciaría, cuando las circunstancias lo permitieran, a dar mis habituales paseos por el casco histórico de mi bella y milenaria ciudad. Lo haría acompañado en ocasiones de mi querido amigo

Julián y cuando a él no le fuera posible a solas, disfrutando sin prisas de los rincones más emblemáticos, de la habitual y agradable brisa procedente de su abrigado puerto.

Afrontaba mi ingreso con optimismo, como no podía ser de otra manera, con el único propósito de culminar mis estudios lo antes que me fuera posible y alcanzar mi tantas veces soñado objetivo.

Debo decir que todo me gustó del campus universitario que pude contemplar cuando, tres semanas antes del comienzo de las clases, mi padre me propuso ir a visitarlo. Durante el trayecto fuimos charlando de asuntos por lo general intrascendentes, no hicimos alusión a la conversación mantenida el mes anterior en la que me vi obligado a reforzar su alicaído estado de ánimo.

Me aconsejó no obsesionarme, que si no acababa la carrera en cuatro años lo haría en cinco o incluso en seis, pues lo importante era obtener el título que me permitiera convertir en realidad mis tan anhelados sueños. Era consciente de las dificultades, nadie me regalaría nada. Lo que iba a comenzar poco tenía que ver con lo conseguido hasta ese instante, y era reconfortante escuchar que como siempre tendría su apoyo, su total e incondicional apoyo.

A las pocas semanas de iniciadas las clases, pude constatar un hecho ya comprobado durante mis etapas anteriores. Y no era otro que la profesionalidad y total implicación de gran parte de los docentes, el cumplimiento con su asignatura sin más complicaciones en menor porcentaje, y el descarado pasar de sus obligaciones en una minoría. También tuve la fortuna de encontrarme con un magnífico profesor, don Hilario Calleja, que impartía la materia de Pedagogía. Hombre cabal y de ademanes pausados, agudas y profundas reflexiones que, cuando creía que podría llegar a abandonar a causa de lo que se me antojaban obstáculos infranqueables, me ayudó sin reservarse absolutamente nada.

Pero fue mucho más. Fue mi consejero, mi guía emocional en los momentos más complicados, mi segundo padre me atreveré a decir. Quizás le debí dar pena, conmover al observar ante él a un joven que tal vez y por diversas causas había partido en inferioridad de condiciones que el resto y que, con todo el esfuerzo e ilusión que sea posible imaginar, ocupaba uno de los pupitres de su clase, eso sí, motivado hasta el límite.

No creo que fuera por efecto de la edad o porque se encontrara próximo a la jubilación. El transcurrir del tiempo, la información que obtuve sobre su trabajo y la forma de relacionarse con sus alumnos, me confirmaron en la idea de que había sido y era un excelente profesor. Nuestra relación fue especial, siempre estuvo a mi lado en los momentos más duros. Cuando me sentía abatido por el temor que me originaba alguna materia, siempre sabía donde encontrarme. La biblioteca era el lugar elegido, el refugio en el que conocía me hallaría mientras me durara el atroz acoso de la incertidumbre y el desconcierto.

Durante esos cinco años, el espacio temporal que al final precisé para concluir mis estudios, sucedieron multitud de cosas, a mí y a los que estaban a mi alrededor, a mi amigo Julián y también a Víctor. No pude, o no supe, granjearme la amistad de mis compañeros de aula, es cierto que tampoco puse excesivo empeño por lograrlo, con los que debo reconocer apenas tuve algún roce o enfrentamiento que mi memoria a día de hoy me permita recordar.

Pasaban de mí, apenas existía para ellos. Mi amistad no les era útil para obtener mejores calificaciones, al constatar desde el principio que no llegaría jamás a ser un alumno brillante. Aprobaba mis asignaturas con un mínimo desahogo y en ocasiones ni tan siquiera eso. Y tampoco les servía para ligar, cuestión de indudable trascendencia cuando aún no se han alcanzado la difícil y vertiginosa frontera de los veinte.

La experiencia inicial fue curiosa, esclarecedora, ya que ellos también mostraron su sorpresa, su extrañeza al verme sentado en uno de los escritorios. Los observé haciendo corrillos, realizar comentarios a mis espaldas. Tenía claro que más tarde o temprano me desvanecería de su mente como cuando tienes un mal recuerdo que deseas olvidar a toda costa. Llegué a ser invisible para ellos. Se acostumbraron a mi presencia al igual que lo habían hecho al mobiliario y a otros de los numerosos objetos que se encontraban repartidos por todo el espacio que ocupaba la amplia y luminosa aula.

Era consciente desde hacía tiempo que durante la vida se puede gozar de un par de amigos, tres ya me parecían una auténtica multitud, y la sorpresa se produjo mientras disfrutaba de un partido de fútbol femenino entre facultades, que fue cuando conocí a esa atractiva joven. Semanas después supe que se especializaría en infantil, al igual que yo, y según me confesó en una de nuestras charlas posteriores sentía especial debilidad por los niños.

Aten Fresneda Olmedo no es que fuera demasiado alta, si bien mostraba un cuerpo estilizado y bien proporcionado. Destacaba de ella su larga y rubia cabellera, abundante y lisa, y sobre todo sus espléndidos ojos verdes, de tales proporciones e intensidad que me impactaron cuando depositó por primera vez su cautivadora mirada en mí humilde persona. A esos sobresalientes atributos se le añadía una nariz pequeña y respingona, un ovalo de la cara bien conformado y sonrisa contagiosa. Una muestra espectacular del sexo femenino que me conmovió y que con posterioridad incluso enamoró.

Cuando concurren ese cúmulo de circunstancias, obnubilado por el amor más ciego y profundo, no consigues ver que ese sentimiento jamás fue mutuo, correspondido, que todo fue producto de un desaforado impulso que no fui capaz de reprimir. Es más que sabido: uno siempre acaba creyendo lo que desea creer.

Todo dio comienzo cuando el balón, impulsado por una de las integrantes del equipo contrario, salió del terreno de juego por la banda en la que me encontraba contemplando el encuentro. Aten se acercó con la intención de recogerlo y proseguir con tan entretenido y disputado partido y yo, al verla como se dirigía hacia ese lugar, me agaché, lo atrapé, y lo deposité con premeditada lentitud sobre sus delicadas y cálidas manos. Deseaba observar con más detalle las facciones del rostro de esa joven, que desde la distancia me parecieron que debían ser particularmente notables.

No se contentó con darme las gracias, clavó sus preciosos ojos en los míos y portando su perenne y subyugante sonrisa, o al menos así la interpreté en esos instantes de excitada confusión, se interesó por mi nombre. Esa circunstancia propició que en jornadas posteriores prestara más atención hacia mi persona, llegando a percatarse que un tal Raúl Soto Martínez también formaba parte del nutrido grupo de alumnos que, desde hacía semanas, asistían a clase casi a diario en su mismo espacio geográfico.

El tiempo venció al tiempo y después de coincidir en varias ocasiones en la cafetería de la facultad, tras saludarme con una turbadora sonrisa dibujada en sus preciosos y apetecibles labios, se dejó invitar a un burbujeante refresco de cola. La excusa, la socorrida excusa que empleé, eran unas dudas que me rondaban desde hacía varios días y que le agradecería me

ayudara a despejar. Quizás ella, en esa primera charla, ya advirtiera que esas vacilaciones
carecían de la suficiente consistencia, pero no
me importó.

La conversación se prolongó durante quince minutos, quince extensísimos y estimulan-
tes minutos. Tiempo que analicé maravilloso,
excepcional e incomparable con lo vivido hasta
ese preciso instante por mí, por un ser como yo.
A esos encuentros a veces frecuentes en la cafetería, se le unió una nueva y favorecedora circunstancia: la posibilidad de ocupar un asiento
en el aula más próximo a ella. Esa inesperada
contingencia propició un mayor acercamiento
entre nosotros que, varias semanas después,
consideré como el inició de una leal y sincera
amistad e incluso, gracias a mi desbordante
imaginación, de algo más.

En esos instantes ni tan siquiera llegué a
plantearme que ese sentimiento que crecía en
mí por momentos fuera recíproco. Me gustaba
todo de esa joven. Por descontado su apetecible
aspecto físico, aún más su forma de ser, siempre cariñosa y afable conmigo, y hasta su olor.
Me encantaba en particular su olor. Cuando
me agarraba de la mano y producto de ese contacto con su aterciopelada piel me ruborizaba
ella, advertida de esa circunstancia, entornaba
sus rasgados ojos y me sonreía con la máxima
ternura. Nada pude ver, o quizás sea más preciso decir que nada quise ver que me hiciera
comprender que tan solo aspiraba a mantener
una relación de sincera y leal amistad conmigo.

Julián, el muy ladino de mi amigo Julián, se percató de inmediato que algo extraño, jamás observado en mí, me estaba sucediendo y me lo hizo ver.

—¿Qué te pasa, Raúl? No sé, desde hace varias semanas te veo raro. No es habitual verte tan feliz, tan estúpidamente embobado. En ocasiones te hablo y no me escuchas y otras, cuando te dignas a responder, lo haces sobre algo que nada tiene que ver con lo que te he preguntado. Créeme si te digo que estás alelado, pero alelado de narices.

Entonces surgió la pregunta, la temida pregunta, para la que necesité no pocos segundos en responder. Me originaba cierto pudor, incluso miedo, a pesar de ser mi único amigo de sexo masculino, Aten Fresneda completaba el cupo del otro sexo. Le respondí, y no es fácil describir la mirada de desconcierto que me devolvió.

—¡Claro! ¡Qué iba a ser! ¿Y quién es ella? A lo mejor hasta puede que la conozca. Tengo varios amigos que, como tú, estudian Magisterio y puede que hasta hayamos coincidido por algún sitio de marcha.

—No, la verdad es que no lo creo. Se llama Aten y asistimos casi a diario a la misma clase. Solo te puedo decir que es extraordinaria, hermosa a rabiar, lo más parecido a una diosa griega.

Proseguí diciéndole que no era su soberbio aspecto físico lo que más me atraía de ella, sino su singularidad, porque personas como Aten Fresneda Olmedo ya no quedaban en estos tiempos de irreflexión, apresuramiento desmedido y estrés.

—Es calmada, reflexiva y generosa, amable, ¿cómo es posible no enamorarse hasta las trancas de un ser que reúne todas esas maravillosas cualidades?

Por aquellos ya lejanos años imaginaba que las princesas, las verdaderas, eran portadoras de un cabello rubio y largo, que eran delicadas y de ojos claros y grandes. Y Aten poseía eso y mucho más. Era buena e inteligente y especialmente sensible y yo, cuando la observaba ensimismado, siempre veía en ella a la más bella y seductora de las princesas.

—¡Todo eso que me dices me parece estupendo!, y lo que debes averiguar, antes que te encuentres atrapado, si es que acaso todavía no lo estás, es si ella comparte esos sentimientos.

Debía asegurarme sobre si la atracción era mutua. Tal vez solo pretendía ofrecerme su amistad, únicamente su amistad.

—Como bien sabes, existen personas que ante la presencia de un ser tan peculiar como tú actúan de un modo dispar. Me has contado muchas veces que la inmensa mayoría de tus compañeros pasan de ti, que eres invisible para ellos. Quizás en un primer instante despertaste en esa joven cierto sentimiento de aflicción, de pena, y perdóname que te lo diga de forma tan brusca, y por esa circunstancia y no por otra se acercó a ti.

Debía aclarar cuanto antes una situación que podría haberme confundido, hacerme daño, más dolor del que fuera capaz de imaginar.

—De confirmarse lo que te digo, te sentirás tan mal que desearás esconderte bajo tierra, desaparecer del mapa.

—Espero que no.

—No sabes lo que me gustaría estar equivocado, aunque tengo la impresión de que no van los tiros precisamente por ahí.

Del mismo modo que descarté sus argumentos cuando intentó disuadirme para que no hablara con Alberto, ya que resultaría un ejercicio inútil y doloroso, tampoco atendí sus consejos y me dejé llevar. No quería pensar que todo aquello pudiera ser solo producto de un espejismo, un sueño inconsistente que se rompería en multitud de restos irreconciliables en el instante menos pensado.

Era la primera vez que experimentaba ese sentimiento, un estado difícil de definir que me procuraba felicidad, sensaciones ni siquiera intuidas por mí hasta ese preciso momento. Lo más probable era que se rompiera. Parecía lógico, pues no dejaba de extrañar que una mujer tan inteligente, joven y bonita, no fuera ambicionada por otros pretendientes que buscaran lo mismo que yo: disfrutar de su amistad y a ser posible de su amor y por supuesto de su maravillosa anatomía. Y decidí apostar fuerte, arriesgar y gozar hasta donde me estuviera permitido llegar.

A Julián Solano le asistía la razón, como casi siempre. Cuando se produjera el daño sería terrible, casi insoportable. Pero no tenía en cuenta otras consideraciones, que Raúl Soto Martínez con toda seguridad no dispondría en la vida de demasiadas oportunidades de enamorarse, de sentir como centenares de mariposas revoloteaban en su estómago hasta hacerlo experimentar cierta sensación de ingravidez.

Apenas una semana después de aquella charla me propuso acompañarla a un centro comercial. Ese día solo tendríamos una clase y dispondríamos del resto de la mañana para hacer todo aquello que nos apeteciera. Mientras escuchaba su propuesta, me vinieron a la mente los argumentos de Julián, que insisto estaban revestidos de fundamento, pero opté por aceptar su atrayente proposición. Concluidas todas las compras, le sugerí tomar algo en una cafetería que se encontraba en una calle próxima.

—No imaginas cuanto agradezco que me hayas acompañado, Raúl. Se lo he comentado a Mónica y a Silvia, pero las muy pavas me han respondido que preferían ir a la biblioteca. Estudiar está bien, de no hacerlo con regularidad es evidente que no se va a ninguna parte, aunque tampoco creo yo que sea necesario pasarse. Estas tías no controlan, pues lo mismo te enteras que dos días antes de un complicado examen se las han estado tomando por cualquier bar, sin dejar de pasar por ninguno.

—Llevas razón, nunca conviene excederse. Dicen que en el punto medio se halla la virtud. Sin embargo, no deja de ser cierto que a veces ese estado de equilibrio no es nada fácil de conseguir.

—¿Entonces me aseguras que te lo has pasado bien conmigo, que no has terminado cansado y sobre todo aburrido después del tostón de haber recorrido tantas tiendas? ¡Qué bueno eres, Raúl! Quiero que lo sepas: eres guapo por fuera y por dentro. Especialmente por dentro que es, te lo puedo asegurar, lo que de verdad me importa.

—¿Por qué me dices eso, Aten? Puede que lo sea en mi interior, aunque no soy precisamente lo que podríamos denominar un santo. Cuando me miras con esos preciosos ojos quedo de inmediato hipnotizado. A pesar de esa momentánea confusión, conservo la suficiente lucidez para recordar lo que veo cuando observo reflejada mi imagen en el espejo de mi dormitorio.

Debería haber continuado, arriesgado hasta el final y haberle dejado bien claro mis verdaderas intenciones. Confieso que me faltó valor para al menos insinuarle que mi relación con ella aspiraba a otra cosa, a mucho más que a disfrutar de su preciada amistad. Era importante para mí ese noble y trascendental sentimiento, si bien me daba cuenta que conforme nos veíamos más a menudo, cada vez que charlábamos o paseábamos juntos, mi amor hacia ella crecía de manera exponencial. Cuando estaba en la soledad de mi cuarto, invadían mi mente los consejos de Julián, cuando me decía que debía mantener la lucidez, el imprescindible sentido común, tan útil y necesario para no incurrir en errores de bulto, de grueso calibre.

Sufría de manera atroz al comprender que a mi amigo no le faltaba razón, que la posibilidad de despertar en ella otro sentimiento distinto al de la amistad era, como máximo, de una entre un trillón. ¡Qué sencillo es dar consejos cuando tú no eres el afectado! Es fácil observar cuando un adolescente, como en el caso de Ernesto Valladares, elige el camino equivocado y lo adviertes con claridad. Para los padres que han depositado todas las ilusiones en su querido hijo, a veces no es tan sencillo. Podría admitirse que la invisible venda del amor que le profesan les impide ver esa cruda realidad.

Algo similar debía estar ocurriéndome a mí, pues en casa, durante esas arduas reflexiones, coincidía con Julián. Sin embargo, cuando la tenía frente a mí, con esa angelical sonrisa que era imposible no corresponder, cuando me miraba con sus espléndidos ojos, olvidaba todas esas cavilaciones y me dejaba atrapar de tal modo que de habérmelo pedido me hubiera seccionado sin dudarlo las venas de ambas muñecas. En todas y cada una de las ocasiones en las que posé mi mirada sobre ella, siempre creí que su boca debía saber a una deliciosa mezcla de refrescante menta y cálida miel.

Pasadas en torno a las dos semanas, mientras daba un cómodo paseo, la casualidad propició que me tropezara con mi amigo. En esa ocasión también iba acompañado por Aten, y me sería difícil describir la mirada de estupefacción con la que me obsequió al verme de nuevo junto a ella. Pensaría que había perdido definitivamente el juicio al costarle comprender cómo no había puesto término ya a esa disparatada relación. No lo supe, me enteré meses después, cuando las aguas habían vuelto a su cauce, ya recuperada cierta normalidad.

Julián Solano era un ser al que consideraba un colega con mayúsculas, de los que se implicaban hasta el final sin apenas importarle las consecuencias. Se desplazó a la capital para conversar con ella y aclarar la situación de una vez por todas. Aten compartía piso con otras dos compañeras y regresaba una vez acabadas las clases de la semana. Creyó que era urgente resolver ese controvertido asunto con la mayor prontitud posible. Ante su gesto de sorpresa le recordó la íntima relación que nos unía.

—¿Te apetece tomar un refresco o, si lo prefieres, tal vez un café, Aten?

—No, gracias. Si te parece podemos dar una vuelta mientras me cuentas lo que imagino será importante para ti.

El trasladarse hasta la universidad de manera expresa le hacía pensar en la trascendencia de lo que deseaba decirle.

—¿No le habrá ocurrido algo a Raúl?

—No, tranquila. A nuestro amigo no le pasa nada, al menos que le haya sucedido en la última media hora. Quizás sería más adecuado que fuera yo el que te preguntara por él.

—Perdona, pero es que no termino de pillarlo. No sé por qué me dices eso.

—Si te importa iré al grano. No creo que te apetezca perder el tiempo y te puedo asegurar que a mí tampoco me agrada desperdiciarlo.

Le costaba creer que no se hubiera dado cuenta que había despertado en mí algo más, infinitamente más, que una sincera amistad.

—Las mujeres, para todo lo relacionado con el coqueteo y el amor, soléis estar dotadas de una percepción especial y no pasa por mi cabeza que no te hayas percatado con la cara de bobo con la que te mira.

Era cierto que estaba enamorado de ella hasta el mismísimo tuétano, según mi amigo puede que hasta estuviera encoñado.

—El muy estúpido se niega a ver la situación. Al intuir este problema decidí hablar con él. Le intenté hacer ver que estaba incurriendo en un grave error, ofuscado con un sueño del que cuando despertara le haría sufrir hasta límites difíciles de cuantificar.

Le dejó claro que a él no le haría caso por más que insistiera, por lo que ahora, no quedaba otro remedio, le tocaba a ella hacer su parte.

—Aten debes hablar en cuanto puedas con él, no importa como lo hagas. Incluso te agradeceré que procures herirlo lo menos posible.

Añadió que no merecía sufrir, que ya lo había hecho bastante durante toda mi vida y que no era nada complicado imaginar lo que me esperaba durante los años que aún me pudieran quedar por vivir.

—Espaciad vuestros encuentros, reprime tus muestras de afecto que por desgracia interpreta de manera errónea. Sal de su vida poco a poco, con discreción, y si te preguntara sé sincera con él. No le hagas daño y sé honesta hasta donde te sea posible.

No quería causarme perjuicio alguno y a través del móvil nos citamos en una zona ajardinada próxima a la facultad. Motivado por el irrefrenable deseo de no hacerme sufrir más de lo necesario, influenciado yo por el inmenso amor que sentía por ella, o con toda probabilidad por ambas cosas, aquella conversación no sirvió para resolver el entuerto originado entre Aten Fresneda y yo. Pasado el tiempo y recuperada la estabilidad emocional, pienso que, de haber poseído en esos instantes la necesaria lucidez, habría captado sin demasiado esfuerzo lo que ella pretendía hacerme comprender.

Por desgracia no fue así, y a causa de esa desfavorable circunstancia me empeciné en el equívoco. Al final, después de varias llamadas de WhatsApp de Julián en las que me preguntaba si todo continuaba igual, decidí seguirla y descartar si tenía algún tipo de relación con cualquier otro joven. Mi amigo me lo había insinuado y no le hice caso. En esta ocasión, en un momento de lucidez, opté por atender sus consejos.

Conocía con bastante aproximación sus movimientos. Sabía hasta lo que le apetecía desayunar cada día, su gusto por pasear por las zonas cercanas a la facultad cuando el buen tiempo acompañaba aprovechando los descansos entre clases, y decidí seguirla con el máximo sigilo para evitar ser descubierto.

Una mañana le pregunté qué planes tenía para después de clase y me respondió que había quedado con varias compañeras para organizar una tarde de compras por varios comercios de la capital. No ignoraba la falsedad de sus palabras, no acostumbraba a actuar de ese modo y lo advertí sin mayor problema a través de su titubeante respuesta. Deseaba terminar con todo aquello y despejar de una vez por todas mis numerosas dudas, que desde hacía mucho me mortificaban día y noche, especialmente por las noches. Pero al mismo tiempo sufría ante la posibilidad de que su respuesta fuera la que me anunció Julián. Sería duro, tan doloroso y aterrador que cuando lo pensaba dudaba si lo podría soportar.

Víctor me preguntó en alguna ocasión si todo marchaba bien, y por supuesto no se interesaba solo por lo referido a los estudios. También en esa oportunidad consideré que lo mejor era dejarlo al margen. Y sucedió lo inevitable. Cuando apenas habían transcurrido diez minutos, oculto tras el grueso tronco de un viejo eucalipto, los vi arrullarse con arrolladora pasión. A él no lo conocía de nada, y días después supe que cursaba segundo de económicas. Era un buen chico, inteligente y aplicado en sus estudios, que la amaba y respetaba, lo que en esos instantes como es sencillo de intuir no me importó ni lo más mínimo.

Descubrir como las ansiosas y ágiles manos de ese joven recorrían con impaciencia un amplio porcentaje de la fastuosa anatomía de

Aten Fresneda fue terrible, en la práctica imposible de describir. Incluso sufrí un leve vahído, un rastro de inestabilidad que me obligó a apoyar mis manos sobre la corteza del árbol que me servía para permanecer oculto ante los ojos de la ensimismada pareja. Sus besos, los besos recíprocos que con desaforada pasión se regalaban, me ocasionaron un quebranto casi imposible de describir.

Precisé de varias semanas para aceptar esa cruel realidad, para asimilar que jamás sería mía y sobre todo para evitarle a ella el amargo trance de observarme triste, roto y apenado, así que decidí no asistir a clase durante ese tiempo. Varios compañeros tuvieron la amabilidad de pasarme algunos apuntes, favor que yo intenté compensar de la mejor manera que pude. Y de este modo conseguí que ese problema no me afectara demasiado en mis estudios, aunque el tributo que me vi obligado a reintegrar se tradujo en alguna asignatura que quizás podría haber superado y que me dejé con no poco dolor por el camino.

Nos seguiríamos viendo, bien es cierto que con mucha menor asiduidad. Y en uno de nuestros encuentros, con su mirada, con sus ojos entristecidos, me hizo comprender cuanto sentía lo sucedido, que jamás pudo imaginar hasta que extremo llegó a despertar esa desaforada pasión en mí. El afortunado enamorado con el que Aten se mostraba obsequiosa, al que regalaba su cuerpo, sus caricias y todo su amor, se llamaba Ricardo.

Cuando ya creí que lo podría soportar, retomar mi vida con relativa normalidad, llamé a Julián. Sentía el imperioso deseo de conversar con él, vomitar lo que aún me hacía daño. No se anduvo por las ramas, y si todavía me quedaba algún resquicio de duda o vacilación me lo extirpó de inmediato, con la precisión del más hábil y experimentado de los cirujanos.

—Todo esto ha sido sin duda producto de una alucinación pasajera. De haber empleado el sentido común nada de esto habría ocurrido. Me gustan las morenas, Raúl. También las rubias, y si me apuras hasta las pelirrojas. Las suelo preferir altas, más bien delgadas, aunque eso sí, con buenos pechos y de carnes bien apretadas. De cabello lacio a ser posible y si son morenas con los ojos preferentemente verdes. Lo que sucede es que cuando me pongo frente al espejo me doy cuenta de que no puede ser.

Me hizo comprender que las historias que podíamos ver proyectadas en la pantalla de una sala de cine o en nuestro portátil estaban muy bien, que en ocasiones nos sirven para evadirnos de los problemas durante un rato. La realidad era otra cosa, a menudo infinitamente más complicada.

—Te entiendo. La verdad es que ahora lo veo muchísimo más claro.

—Tú deberías haber hecho lo mismo, enfrentarte al espejo, ¡joder!

Añadió que una parte importante de todo este padecimiento me lo podría haber ahorrado si le hubiera hecho caso desde el primer momento.

—Te comprendo, ¡cómo no te voy a comprender!, pero de nada sirve esconderse ante lo que nos sucede. Quédate con lo bueno, con los buenos ratos que pasaste junto a ella, en los que creíste sentirte correspondido, que podría ser posible.

—Llevas razón, tío, como siempre. Por eso eres mi colega, por descontado que mi mejor amigo, el hermano que no he llegado a tener.

Había hablado con Aten y coincidía con él en que yo era una criatura extraordinaria y que deseaba proseguir con nuestra amistad.

—Me ha pedido con insistencia que te lo dijera. Te contaré esto por si te sirve de algo, espero que de consuelo: me dijo que eres un ser maravilloso, un ser único e irrepetible.

Es probable que fuera una persona adornada de numerosas virtudes, por descontado único e irrepetible, en eso podríamos estar hasta de acuerdo. Todos los seres vivos lo somos. Pero no fue suficiente para seducirla, para ganarme su amor, para compartir el resto de los días que me pudieran quedar junto ella.

Reconozco que me costó entenderlo. La ilusión puesta había sido enorme, y podría haber sido todavía peor, mucho peor, aún más doloroso. Conservé su amistad e incluso tuve la fortuna de incorporar a mi escuálida nómina de amigos a Ricardo que, pasados varios años, llegó a convertirse en su esposo y tiempo después en el padre de sus dos adorables hijos. Así son las cosas y cuanto antes las aceptemos menos nos harán padecer.

11

Legué a preocuparme por Julián

Estaba absolutamente irreconocible. Siempre se había caracterizado por su prudencia, incluso me inclinaría a opinar que a veces solía actuar con excesiva precaución, pero este auténtico regalazo de sus progenitores sin duda lo había trastornado por completo.

Después de lo sucedido con Aten, ya superado el primer curso de carrera, mi relación con Julián se estrechó todavía más. Sabía que él también sufría por lo sucedido, por mí, no en vano fue testigo de excepción durante todo el proceso, del desgarro emocional que padecí con mi pueril enamoramiento. Temía que aún lo estuviera pasando mal, que algunos rescoldos debían quedar. Intuía que mi atribulado corazón todavía se alteraría cuando nos encontráramos. Por esa razón decidió, coincidiendo con el nuevo periodo estival, intensificar nuestros encuentros.

Mi padre y yo no ocuparíamos nuestro apartamento hasta el mes de septiembre, que coincidía con su periodo de vacaciones, y hasta llegar a ese momento aún faltaba todo un mes. Nos veríamos al menos dos veces por semana, y en ocasiones fuimos al cine, en otras nos citamos en su propia casa. También quedábamos para tomar un refresco o en su caso una caña en una cafetería o en alguna de las terrazas ubicadas en los espacios más transitados de la ciudad. En uno de esos encuentros me confesó que él también se sentía mal, muy preocupado. Reflexionaba sobre si el método empleado para intentar despojarme de mi maravillosa, pero a la vez estúpida obcecación no fue demasiado brusco, y temió si con esa áspera actitud me podría haber causado aún más perjuicio.

—Reconozco que a veces soy muy bruto, Raúl, pero es que no sé hacerlo de otra manera. Puedes creerlo, tío, he sufrido como una auténtica bestia pensando que si en vez de ayudarte te podría estar hundiendo todavía más.

—Tranquilo, no pasa nada.

Ambos sabíamos que el asunto era complicado y sobre todo delicado.

—No deseaba herirte, pero al ver que a pesar de mi insistencia no reaccionabas, no me quedó otra alternativa que la de intervenir y preguntarle a Aten lo que realmente sentía por ti.

Todo se había solucionado. Me veía bien, aunque conservara alguna herida que sin duda me costaría todavía algún tiempo cicatrizar.

—Míralo de este modo; mantiene su aprecio por ti, y has incorporado a tu reducido grupo de amistades a Ricardo ¡qué más se puede pedir! Se dan casos, es verdad que se dan casos, siempre mínimos y en la mayoría de las ocasiones son producto de intereses poco o nada confesables. Quizá opines que soy mal pensado, y es que por más que lo pienso no lo puedo evitar.

Cuando observaba en la tele a esas parejas en las que la novia no llegaba a los veinticinco y él ya había dejado atrás los setenta, le suponía un gran esfuerzo creer que no existieran intereses de por medio raros e inconfesables.

—Cuando se produce el caso contrario y él tiene veinte y ella por encima de los cincuenta, lo analizo de igual modo. Como te decía hace unos meses, el cine lo hace todo posible. El problema es que esas idílicas historias no suelen ocurrirnos a seres como a nosotros, a unos pobres pringaos como a ti y a mí.

—Ya, ya lo sé. Me ha costado, pero ahora se me han despejado por completo todas las dudas.

El curso había sido duro, más de lo que pude llegar a suponer, y no solo en lo referido al estudio. La experiencia con Aten Fresneda, además de frustrada, resultó terriblemente dolorosa, aunque no debí sentirme tan mal puesto que en realidad no fue producto de un doloroso abandono; jamás existió la más mínima reciprocidad de sentimientos. Incluso un inexperto psicólogo lo podría explicar. No deja de ser interesante constatar las malas pasadas que te puede llegar a hacer pasar nuestro cerebro, cuando nos sentimos presionados por cualquier acontecimiento que te cree un grave impacto emocional.

Recuerdo con nitidez que hubo instantes en los que no tuve ningún atisbo de duda, en los que llegué a creer a pie juntillas que sería correspondido en cuanto me decidiera a declararle mi incondicional amor. Menos mal que esa ausencia de valor, esta enfermiza falta de atrevimiento que siempre me ha caracterizado, evitó un desgarro todavía mayor. Fue duro cuando Julián, con gesto afligido, me confirmó que nada quedaba por hacer. Hubiera sido peor, aún más espantoso, escucharlo de sus propios labios. Me habría roto, mostrándome ante ella destrozado y vulnerable y entonces, ante esa desoladora escena, ella se habría visto obligada a consolarme. No quería someterla a esa innecesaria mortificación que, conociéndola, de manera irremediable le haría sufrir.

Por todas estas circunstancias y otras de menor calado, que unidas podrían originar un nuevo conflicto, decidí tomarme este periodo estival con la mayor relajación posible. Acompañaría como siempre a Víctor en algunas de sus navegaciones, me daría mi habitual y reconfortante baño diario, como de costumbre a primera hora de la mañana y por la tarde, cuando el sol comienza a ocultarse y ya no representara una amenaza para mi delicada piel.

Y leería, tenía varios libros pendientes por leer. Me habían recomendado algo de Julio Verne: *Viaje al centro de la Tierra,* unos de sus más conocidos y celebrados títulos. Un libro de no demasiadas páginas, al parecer bien nutrido de numerosas y apasionantes aventuras. Según me habían contado al menos me entretendría, tal y como ya le había sucedido a miles y miles de lectores que confesaban no haberse aburrido mientras fascinados daban buena cuenta de su ágil y amena lectura. Pasados los años, del mismo modo que me ocurrió con el autor gallego Manuel Rivas, me sucedió también con Eduardo Mendoza, del que he llegado a leer un importante porcentaje de su ya extensa obra. También logré disfrutar con algunos de los libros de Juan Marsé, del que ahora mismo recuerdo haber leído *Últimas tardes con Teresa* y *Rabos de lagartija,* también *La oscura historia de la prima Monse* que, junto a Miguel Delibes, considero como uno de los autores que mejor escribían en castellano en nuestro país. No olvidaré nunca el impacto que me causó *Los Santos inocentes,* así como su última novela, *El hereje.*

Todo marchaba con arreglo a lo planeado, excepto con mi padre, del que, a pesar de actuar con disimulo, pude advertir un leve gesto de desagrado cuando rechazaba acompañarlo en algunas de sus recurrentes navegaciones. Jamás llegó a manifestarme su enfado por esas negativas que, por otra parte, había decidido incrementar paulatinamente. Comenzaba a creerme posibilitado para labrarme mi propio futuro, para no verme forzado a depender de nadie, y el otro frente abierto era el de la autonomía personal. Me agradaba acompañarlo, aunque como ya ha sido comentado no fuera el mar mi lugar predilecto para hacerlo. Él debía buscar otras alternativas, otra compañía que no fuera solo la mía. El problema de su soledad no se solucionaba porque mi tío Luis o Rodrigo Alpuente navegaran de vez en cuando con él, y se agudizaría aún más dejada atrás la época estival.

Era desgarrador verlo en casa cada día, sentado durante interminables horas frente al aparato de televisión que miraba, pero de haber sido interrogado sobre el contenido del programa que se emitía dudo que hubiera sido capaz de responder. Su mente estaba en cualquier otro lugar menos en el no excesivamente amplio pero confortable salón de casa. Su situación me preocupaba y destiné no pocas horas de reflexión para intentar encontrar la solución que lo expulsara de ese marasmo de indecisiones que en nada positivo podría desembocar. Era evidente que no soportaba la soledad, con la que yo sí me sentía de algún modo cómodo. No superaría ese estado de apatía y abatimiento continuo hasta que esa imperiosa necesidad no se convirtiera en realidad.

Le propuse probar en una agencia de contactos, por supuesto en una de las serias, de las que suelen actuar con discreción y probada profesionalidad. Le harían una selección previa de candidatas y él en todo momento decidiría si aceptaba tener una cita con la seleccionada. Me respondió, no sin cierto sonrojo, que algo había mirado en los chats de Internet y que la experiencia no fue positiva, que quizás él estuviera chapado un poco a la antigua, que prefería el conocimiento previo seguido del cortejo tradicional. Nunca se sabe cuándo va a surgir la sorpresa, la resolución del conflicto, por arduo y complicado que lo podamos analizar en esos instantes, y fue mi tío Luis en gran medida el responsable de todo.

Durante el mes de octubre, Víctor conoce a Susana. Y será contado cuando corresponda, después de lo sucedido a Julián, por el que llegué a sentirme realmente preocupado.

Mi amigo, como era de esperar, concluyó su primer curso de ingeniería con brillantes calificaciones, lo que sin duda le auguraba un futuro profesional más que prometedor. No tenía decidido cuando concluyera la carrera si permanecería en la ciudad o se desplazaría fuera, aunque yo me decantaba por la segunda opción. Sería un gran palo para mí, pero opté por aparcar este asunto. Me inquietaría cuando se produjera, si es que acaso esa circunstancia llegaba a concretarse. Y fue agradable escuchar su alegre voz por el auricular mientras me decía que debíamos vernos lo antes posible, que necesitaba imperiosamente contarme algo, mostrarme el maravilloso regalo que le habían hecho sus padres y que, pese mi reiterada insistencia, se negó a desvelar a través del teléfono.

—¿Qué te parece, Raúl? ¿A que es chula? ¡guapa de narices!

—Sí, sí, quién podría negarlo al ver la pintaza que tiene este pedazo de bicho.

—No sé lo que les ha podido pasar, pero a mis viejos se les debe haber ido del todo la pinza.

—No, qué va, conociéndolos no lo creo. Solo intentan hacerte ver que se sienten orgullosos de ti, que ese es el camino, que el trabajo y el esfuerzo constante es lo único que te puede ayudar a conseguir las ambiciosas metas que un día ya lejano te propusiste.

—Lo que si te puedo asegurar es que han acertado de pleno, que ninguna otra cosa me habría hecho tan feliz en estos momentos.

Me quedé embobado, lo que estaba presenciando se ajustaba con absoluta precisión a lo que Julián me contaba. El padre de mi amigo había decidido, como compensación al esfuerzo realizado por su hijo, agradarle con una preciosa motocicleta, en la que predominaba el negro salpicado de centelleantes cromados. Era de tamaño mediano, de nueva adquisición y se sentía jubiloso, pletórico ante una maravillosa máquina por la que suspiraba desde no pocos meses antes de cumplir la mayoría de edad.

Era conocedor del riesgo que comportaba la conducción de esos artilugios, y luego estaba Laura, su madre, que hasta el último instante se mostró dubitativa sobre ese controvertido asunto. Le costó convencerla, hacerle comprender que su amado hijo ya se había convertido en todo un hombre, siempre responsable en su modo de actuar, y que nada grave le podría suceder. Y yo, ante un amigo eufórico, no pude más que mostrarle mi satisfacción al contemplarlo plenamente satisfecho, henchido de felicidad.

Pasados varios días me volvería a llamar para contarme que ya se había hecho con el manejo de la *Ducati*, que era una auténtica gozada sentir como el aire alborotaba su larga y rizada cabellera al tiempo que refrescaba su rostro. Disfrutaba con todas las sensaciones que experimentan aquellos que disponen de esa posibilidad, de la percepción de absoluta libertad. Me propuso que nos viéramos y darnos una vuelta en la moto. La idea no me sedujo del todo, eso de ir de «paquete» nunca fue plato de mi gusto. Pero me fue imposible no plegarme a su apremiante solicitud de acompañarlo.

—Sube, que lo vamos a pasar de puta madre, colega. Verás el reprise que tiene, cómo mola cuando alcanza los cien por hora en apenas unos segundos. Es un cohete, este puto chisme es lo más parecido a un cohete supersónico.

—No pongo en cuestión sobre que disfrutaré a tope, pero con respecto a lo de la velocidad, tómatelo con calma, tío.

—¡Venga ya! No sabía yo que fueras tan cobardica.

—No, no, no te equivoques, no soy ningún gallina. Si es que te miro y se me ponen los pelos de punta, apenas te reconozco.

Estaba absolutamente irreconocible. Siempre se había caracterizado por su prudencia, incluso me inclinaría a opinar que a veces solía actuar con excesiva precaución, pero este auténtico regalazo de sus progenitores sin duda lo había trastornado por completo. Esperaba que esa desbordada ilusión fuera pasajera, que no se prolongara más allá de los primeros días.

Las motocicletas son fantásticas, su manejo suele originar sensaciones nuevas y extraordinarias. Son ágiles para la conducción por entornos urbanos, facilitan el traslado de un lugar a otro con rapidez, si bien cuando se produce un accidente el motorista suele ser el más perjudicado.

Es conocido que los conductores de los vehículos a cuatro ruedas no los suelen tener demasiado en cuenta, al saber que, por lo general, juegan con ventaja. El motociclista no dispone de una sólida coraza que lo defienda, airbags que lo protejan de su caída sobre el duro y áspero asfalto, del impacto contra un traicionero bordillo, y es su propio cuerpo el único parapeto posible.

Accedí a acompañarlo, aunque no por las carreteras del extrarradio donde pudiera dar rienda suelta a sus irrefrenables deseos de mostrarme su extraordinaria aceleración. Iría de paquete con él, pero solo por la ciudad y siempre a prudente velocidad.

Aceptó esa inexcusable petición y dio comienzo el paseo. Recorrimos las principales arterias, también las calles más típicas y estrechas. Y me encontraba a gusto, feliz con un amigo encantado de poder conducir su reluciente motocicleta. Iba enfundado en un llamativo mono de cuero negro y casco de deslumbrante colorido, indumentaria para mi gusto exagerada para dar una vuelta por la ciudad y para una máquina en realidad de no demasiado tamaño y mediana cilindrada.

Me propuso dirigirnos a uno de los faros del puerto, y aunque a regañadientes, pues nos desviaríamos del recorrido acordado, acepté su proposición. Rebasada la siempre concurrida Alameda de San Antón, dejado atrás el edificio de comisaría, en una curva bastante cerrada, sucedió la desgracia. Un resto de aceite sobre el pavimento fue el responsable de que la rueda trasera derrapara y diéramos con nuestros huesos contra el abrasivo asfalto. Por fortuna yo apenas sufrí heridas de consideración, dejando al margen alguna desolladura en uno de mis hombros y varias contusiones de carácter general. Para combatir sus dolorosos efectos me vi forzado a tomar una potente dosis de analgésicos durante al menos un par de semanas.

En su caso no fueron tan leves las consecuencias. Al incorporarme a los pocos segundos de la caída, ya recuperado del inicial aturdimiento, lo observé inmóvil. Había perdido el conocimiento. Según nos dijeron en el hospital, su cabeza había impactado con fuerza contra uno de los bordillos de la acera de enfrente. Un testigo del accidente avisó a urgencias y en pocos minutos la ambulancia hacía sonar su estridente sirena ya camino del centro hospitalario.

Por fortuna las lesiones no fueron de gravedad, e incluso me atreveré a decir que ese indeseado incidente tuvo consecuencias que Laura, su madre, pasado un tiempo consideró positivas. A Julián se le fueron desvaneciendo sus irrefrenables afanes de conducir su flamante moto, que apenas sufrió daños, y a distanciarse sus paseos en ella hasta el extremo de llegar casi a olvidarse de su existencia. Le debió coger miedo. Sin duda le debió coger mucho miedo.

A las pocas horas del accidente, después de pasar por el servicio de urgencias del hospital, donde se descartó tras varias pruebas radiológicas alguna lesión de carácter interno en mi organismo, me acerqué a verlo hasta su habitación, la trescientos cuarenta y uno. Lo encontré bien, más animado de lo esperado. Casi más preocupado por mí que por él mismo, a pesar de verme de pie junto a él sin que pudiera apreciar ningún tipo de menoscabo importante en mi salud. Fue emocionante la charla que mantuvimos: Julián postrado en la cama y yo sentado a los pies de la misma.

—¿De verdad que estás bien, que no tienes nada de especial gravedad, Julián? No imaginas lo mal que me sentí al verte tirado sobre el asfalto, tan corpulento como eres, sin capacidad alguna de reacción. Te juro que hubo unos segundos en los que llegué a temer lo peor, que te había perdido para siempre.

Lo habíamos hablado en numerosas ocasiones y siempre le había dicho que era el único al que podría nombrar como amigo.

—La familia como bien sabes es impuesta, con la que te puedes llevar mal, bien o regular, todo puede suceder. Los amigos sin embargo son elegidos y te elegí a ti por tu lealtad y honestidad, y no solo conmigo.

Añadí que no sabía lo que habría hecho de haberle ocurrido algo irreparable, que mi vida habría dado un giro enorme, se volvería triste y vacía al carecer de la mayor parte de su sentido.

—No es necesario que te lo repita, ya conoces que te quiero y respeto, que eres, junto a mi padre, un pilar básico de mi vida. Me alegro de poder continuar disfrutando de ti, de nuestros paseos y en ocasiones acaloradas conversaciones.

—Ya lo sé, plasta, que eres un auténtico pesado, un plasta de tomo y lomo.

—Es probable que sea como tú dices, pero un empalagoso que te quiere bien.

Concluidas esas breves y emotivas palabras, Julián Solano extendió no sin dificultad ambos brazos, hizo amago de incorporarse en la cama, y me acerqué a él y nos regalamos un sentido, prolongado y apretado abrazo.

En aquel instante de máxima emoción no pude evitar recordar el trágico suceso acaecido durante mi etapa en el instituto que me impactó y que durante meses se alojó con obstinación en mi mente. Al contemplarlo tirado e inconsciente sobre el asfalto, se me hizo presente lo que le ocurrió a la hermana menor de Jerónimo López, que falleció de modo repentino a causa de un infarto agudo de miocardio. Pensé en esa angustiosa situación que, de haberle sucedido de igual modo a mi amigo, dudo si habría capaz de soportarlo.

Llegué a preocuparme por Julián. La angustiosa sensación que experimenté durante esas interminables horas de tensa espera, hasta conocer que sus lesiones eran de moderada gravedad. Estaban centradas en uno de sus tobillos, costado izquierdo y codo derecho, así como la herida en la parte frontal del cráneo, que felizmente resultó ser solo superficial. El primero se lo partió, en el codo sufrió una leve contusión. Y allí, en la habitación de la Residencia Sanitaria, en la trescientos cuarenta y uno, cama uno, me contó que apenas unos días atrás había visto a mi padre paseando con una mujer, varios años más joven que él, precisó, que tiempo después supe que se trataba de una tal Susana Carrión.

12

Víctor está con Susana

—*Con cada vaso de güisqui, querido Raúl, mueren centenares de neuronas, pero no importa porque poseemos millones. Primero mueren las de la tristeza y sonríes en todo momento. Después vienen las del silencio y hablas sin parar, más tarde las de la estupidez y comienzas a ser coherente; las de los recuerdos cuesta más borrarlas, permanecen aferradas a nosotros y nos torturan hasta el final.*

Jamás he sido aficionado a las novelas de temática policíaca, en las que como sabemos a las primeras de cambio nos obsequian con un cadáver sobre el que ignoramos quien despachó. Según avanzamos en el relato aparece en escena un detective privado; un ser por lo general oscuro y algo estrafalario, por supuesto solitario y consumidor voraz de tabaco y alcohol, en ocasiones de otras sustancias todavía más adictivas y peligrosas.

No me interesa conjeturar sobre la identidad del asesino, tampoco conocer los métodos empleados para conseguir desenmascararlo. Por esa razón, a pesar de saber que Víctor paseaba con una mujer menor que él, decidí mantener un cauto silencio y no preguntarle sobre ese asunto. Semanas más tarde llegaría a mis oídos que mi tío Luis tenía mucho que ver con esa sorpresiva relación sobre la que, por otro lado, tampoco me había anticipado nada. Imagino que pretendía que ese apenas iniciado vínculo avanzara y cuando creyera que podría prosperar y consolidarse me lo comunicaría.

—¿Y me dices que es funcionaria de la comunidad autónoma, que trabaja en las oficinas del Servicio de Empleo y Formación al igual que tú?

—En efecto, Raúl —me respondió Luis, siempre dando la impresión de sentirse satisfecho por su posible contribución de lo que él, por lo que parecía, analizaba como un logro—. Es guapa, bastante guapa, y de tipo tampoco está del todo mal, si bien no deslumbra precisamente por ese aspecto. De lo que imagino que si te habrás enterado es que es bastante más joven que tu padre. No lo podría fijar con exactitud, pero debe tener al menos diez años menos que él.

Habían desayunado juntos en varias ocasiones, la mayoría acompañados por otros compañeros del negociado, en menor medida a solas.

—Es inteligente y trabajadora, disciplinada y eficaz, aunque eso sí, tiene un carácter de mil diablos. Me consta que intenta minimizar lo que ella considera un problema, también que no siempre consigue eludir los conflictos.

Era una feminista feroz que al parecer iba por libre, no militaba en ninguna organización y por lo que le había llegado la vida no la había tratado del todo bien.

—Su primer matrimonio solo cabe calificarlo como un auténtico fiasco. Su exmarido, del que estaba enamorada hasta las trancas, es lo más parecido a un cerdo, un mujeriego empedernido con querida a la que incluso puso un piso, que encima presumía de ello, y le hizo sufrir hasta límites insospechados. Rubén, su pequeño de apenas unos meses, era hasta este instante su única ilusión, la razón que la impulsaba a vivir.

Deseaba con todas sus fuerzas tener ese hijo, hasta el punto que al poco tiempo de su alumbramiento solicitó los papeles del divorcio.

Le auguraba a Víctor una relación complicada con ella. Pero, a pesar de esas previsibles dificultades, creía que debía intentarlo, que podría resultar exitosa.

—Tu padre ya se encuentra rondando la frontera de los cincuenta, y seamos sinceros, las oportunidades a esas edades no se suelen prodigar demasiado.

Sabía que lo estaba pasando mal, muy mal, y el iniciar una nueva etapa con Susana creía que era lo mejor que le podría ocurrir en esos momentos.

—Tú ya eres adulto, y a pesar de las dificultades has demostrado ser capaz de abrirte paso en la vida, y aunque él te necesite para darle pleno sentido a su existencia, precisa de algo más. Y en efecto, he tenido algo que ver en toda esta historia, por lo que espero que al final acabe bien.

—Pues yo también lo espero, Luis. Él se lo merece, son ya demasiados los años que vive sin compañía exceptuando la mía.

—Lo sé, lo sé, y ese es precisamente el origen del problema.

Días después de esa conversación, Víctor me dijo que necesitaba hablar conmigo, que se trataba de un asunto de la máxima trascendencia. Y hablamos, conversamos largo y tendido como dos adultos que se quieren y respetan, y por esa razón ambos fuimos directos y sinceros. Le mostré mi alegría por ese hecho y le recomendé que debía emplear todas sus fuerzas para que esa incipiente relación terminara por consolidarse. También le hice ver los previsibles inconvenientes que se podría encontrar. Sabíamos que Susana no llegaba sola, era bastante más joven que él y esas dos circunstancias podrían originar situaciones inesperadas, puede que hasta indeseadas.

Mi padre desde hacía ya tiempo gozaba de plena libertad, yo apenas le causaba dificultades y no le sería fácil adaptarse a esa nueva situación. Ante la pregunta de si debía intentarlo, al observar a un ser acosado por las dudas, pues según me contó todavía nada serio le había propuesto a ella, le respondí que estaba obligado a intentarlo. Siempre estaría para apoyarlo, que si entendía que podría beneficiarle que durante el siguiente curso me quedara en Murcia, por mi parte no había ningún inconveniente si con esa medida le allanaba el camino. Y así lo hice, cuando trascurridas varias semanas me confesó que Susana Carrión había aceptado trasladar sus numerosas pertenencias a nuestra casa.

—Bien, muy bien. Eso suena de maravilla.

—Espero que esta relación que apenas acaba de comenzar resulte satisfactoria para ambos.

—Apuesto por ello. Seguro que, a pesar de alguna dificultad inicial que tal vez se pudiera presentar, todo acabará con arreglo a tus deseos.

Y esa intuida complicación por desgracia se manifestaría no demasiado tiempo después.

Es conocido que la convivencia entre adultos en más ocasiones de las que sería deseable no es sencilla, que a menudo cualquier fruslería prende la chispa y hace estallar el conflicto. Y solo fue una pequeña divergencia, un torpe despiste de Víctor el causante, el detonante del grave enfrentamiento originado entre la todavía incipiente pareja.

Octubre en el Levante español, salvo raras excepciones, es todavía un mes más que apetecible y sobre todo aprovechable para pasear por la playa y para los más atrevidos incluso regalarse un vivificante y reparador baño. La incorporación de la mayoría de los veraneantes de julio y agosto, en menor medida los de septiembre a sus respectivos puestos de trabajo, solía propiciar un ambiente más relajado. También menos algarabía y ruido, y la oportunidad de navegar y si se desea regatear con mayor tranquilidad.

Compartían desde hacía varios meses el mismo techo, vivían en nuestra casa. Durante los fines de semana que coincidí con ellos, puesto que otros los pasé en el domicilio de Julián (decisión premeditada que perseguía favorecer el mayor acercamiento posible entre ambos), todo se desarrolló con absoluta normalidad.

Susana me trataba bien, bien es cierto que yo cumplía con mi parte, procurando incomodar lo imprescindible, es decir, apenas nada. A él lo veía bien, me atrevo a opinar que, relajado e incluso feliz, y en ningún instante pude prever que aquella minucia, en realidad una leve distracción, originara tan violento altercado entre él y su pareja.

Aprovechando el buen tiempo que había sido pronosticado, mi padre nos propuso pasar el siguiente fin de semana en nuestra casa de veraneo. Llamó a Rodrigo Alpuente y quedaron para salir a navegar en la mañana del sábado y, si la climatología continuaba siendo favorable, también la del domingo. Lo harían temprano, a eso de las ocho, lo que le permitiría acompañar a Susana y a su pequeño Rubén que se acercarían más tarde a la playa, alrededor de las once. Y a esa hora, con británica puntualidad, pasó a recogerlos.

La casi total ausencia de oleaje que presentaba el Mar Menor aquella mañana, tras comprobar que la temperatura del agua no estaba fría en exceso, le indujo a introducirlo en ella durante unos minutos. Jugó con él mientras su madre tomaba el sol tumbada sobre una toalla relajadamente. A eso de las doce, minuto arriba o abajo (no era aconsejable que Rubén recibiera una dosis excesiva de esos benéficos rayos cuando son tomados con la debida moderación), recogieron sus cosas y regresaron al apartamento que no se encontraba demasiado alejado.

Minutos después, mientras daba lectura al periódico local en la amplia terraza de la casa, recibió la llamada de Rodrigo que le preguntaba si estaba decidida la navegación del siguiente día, que un amigo común le había pedido unirse a ellos. Después de varios minutos de animada conversación telefónica, le preguntó si le apetecía que se vieran en una cervecería próxima. Aceptó, se enfundó con rapidez una camiseta, y después de comentarlo con ella, se marchó no sin antes darle un cariñoso beso y prometerle que a las dos en punto sin falta estaría de vuelta.

—Escúchame bien, Susa. A las dos en punto, ni un minuto más ni uno menos.

—Eso espero, que no vengas demasiado tarde y me ayudes con el niño que hoy se encuentra de un follonero que no te quiero ni contar.

—Prometido. Haré hasta lo imposible para intentar regresar incluso antes de esa hora.

A la primera fría y espumeante jarra de cerveza le sucedieron varias más, incluida alguna copa de vino y varias tapas por añadidura, sin que se percatara como las manecillas de reloj hacían su monótono recorrido de modo incesante. Entre cerveza y cerveza, conversando del tema predilecto de los tres: las navegaciones, sus respectivos barcos y el mar, cuando vino a darse cuenta se le habían hecho cerca de las tres. La bronca fue mayúscula, de estratosféricas proporciones, y cuando él le reprochó que no lo llamara fue todavía peor, infinitamente peor.

No lo supe por terceros, lo padecí en primera persona, y lo advertí sin necesidad de adentrarme en el pequeño apartamento: los gritos de ella se podían escuchar con total nitidez desde el lado opuesto de la calle. Ante la magnitud de la controversia, decidí actuar con cautela y apostarme en ese lugar, me daba corte subir e introducir la llave en la cerradura y entrar, y lo que pude oír confirmó con absoluta precisión lo manifestado por mi tío Luis; Susana Carrión, cuando se enfadaba, era lo más parecido a un potro desbocado. Lo que no pude prever es que yo, sin estar presente, sin haber sido protagonista de nada, también recibiría mi correspondiente dosis. Y lo primero que escuché fueron dos sonoros bofetones que debieron impactar en las dos mejillas de mi padre, que al parecer aguantó impertérrito, y por lo que pude conocer días después en ningún instante se propuso devolver.

—Y todavía, con casi cincuenta años, me preguntas por qué no te he llamado, pedazo de estúpido. Por si lo has olvidado recuerda que te habías comprometido a regresar como máximo a las dos y ya son pasadas ampliamente las tres.

Y le preguntó si era un niño que necesita que lo lleven todo el rato sujeto de la mano.

—Mientras tú y tus amigotes no parabais de llenaros la barriga de cerveza y parlotear sin parar, seguro que sobre las típicas gilipolleces de las que siempre habláis los hombres cuando os juntáis más de dos, yo he bañado a Rubén, le he dado de comer, además lo he dormido que por si no lo sabes me ha costado Dios y ayuda.

También había preparado la comida de los dos, puesto la mesa al ver que no llegaba e incluso dado una ducha bien fría para hacer algo más soportable lo que a ella ya le parecía una más que irritante espera. La intención era intentar aliviar el sofocón que le estaba provocando con su infantil y desconsiderada forma de proceder.

—Dímelo, necesito saberlo, déjame bien claro si es esto lo que me aguarda contigo para el futuro. A lo que debo atenerme, acostumbrarme, porque si va a ser así agarro la puerta y adiós muy buenas. Vivo feliz con mi hijo, salí más que escarmentada de mi anterior relación con el cabestro de su padre y no necesito para vivir a un hombre a mi lado.

—Susa, por favor, escúchame. Te juro que no suelo comportarme de este modo.

Un antiguo compañero de trabajo se había unido al grupo y un desafortunado despiste había originado que se le hubiera echo tarde.

—Si me das la oportunidad de demostrárte-lo comprobarás que yo no acostumbro a actuar así, que jamás actúo así.

Le pidió disculpas por ello en al menos dos ocasiones. Creía que estaba exagerando, sacando las cosas de quicio.

—No ha pasado nada e incluso si te parece bien el próximo fin de semana, si el tiempo acompaña, te podrías quedar en la playa todo lo que desees mientras yo me encargo del niño en todo lo que sea necesario.

Se haría cargo de la comida de los tres y también se ocuparía de cambiarle los pañales, bañarlo y hasta dormirlo si era preciso.

—¿El próximo fin de semana, has dicho el fin de semana que viene? ¡Vaya usted a saber lo que me apetecerá hacer dentro de una semana! Y yo, espabilado, no necesito que me des tu permiso para tomar el sol el tiempo que me venga en gana. Sobre mi vida, pedazo de subnormal, decido yo, solo yo. Que lo tengas clarito, pedazo de capullo.

—No creo que sea necesario emplear los insultos y todavía menos el que has utilizado, que es particularmente cruel porque pretende ser humillante. Las personas así calificadas por algunos, esos sí deberían hacérselo mirar, merecen todo mi respeto y aprecio. Y si es que sufren algún tipo de minusvalía bastante tienen ya para tener que soportar a seres que, como tú, utilizan esa desdeñosa expresión solo para hacer daño. No te lo consentiré.

Al percatarme de que él no se amilanaba, que el tono de esa astracanada crecía por momentos, pensé en intervenir e intentar poner fin a esa desabrida y disparatada conversación. Después de unos segundos de duda decidí no involucrarme al creer que, como adultos que eran, solo de ellos dependía la resolución de ese desencuentro. Debían aprender el difícil arte de la convivencia, ser capaces de superar las pruebas por las que la cotidiana relación les hiciera transitar. Y no intervine, lo que me permitió conocer hasta donde Susana Carrión estaba dispuesta a llegar.

—¡Que no me lo consentirás! ¿Has dicho que no me lo consentirás? Por si no lo sabes, guapito de cara, por mucho menos mandé al asqueroso de mi primer marido a freír espárragos.

Y añadió que él no era nadie, aún menos que nadie para decirle lo que debía hacer o hablar.

—Te has enterado, pedazo de animal, que eres igual de gilipollas que el subnormal de tu queridísimo nene.

Para concluir con esa horrible escena le dijo que en el paquete no iba incluido un anormal, un trasto que horroriza a su pequeño cada vez que lo ve pasar junto a él. Y fue entonces cuando le hizo saber que no permitiría que me arrimara a su niño, que estaba harta de verlo llorar aterrorizado cuando lo hacía.

—A tres metros como mínimo. No consentiré que se acerque a mi hijo a menos de esa distancia, y si es aún más lejos todavía mejor. Para que lo tengas claro, cuanto más lejos mejor.

Al escuchar esa última frase, no supo que decir y asomado a la ventana me avisó para que subiera y lo ayudara a coger las cosas que sabía necesitaba y ambos abandonamos el apartamento. Intuía que lo había escuchado todo, y no se equivocaba.

—¿Eres consciente de que te has ido de tu propia casa?

—No te preocupes, ya se le pasará. Regresaré cuando se le haya pasado el enfado, cuando este estúpido cabreo se le haya olvidado y por supuesto me pida las correspondientes disculpas.

Después de esa violenta discusión me prometí dos cosas, y la primera y más importante de ellas fue que jamás le volvería a dirigir la palabra a esa despótica mujer y que por supuesto nunca volvería a pisar mi casa mientras ella permaneciera bajo el mismo techo. No me molestó que me llamara de ese modo, otros ya lo habían hecho con anterioridad y en no pocas ocasiones. Me dolió el tono, el tono de absoluto y total desprecio, idéntico al que se le tiene a un negro o a alguien asiático de origen al que ni siquiera se le conoce. Porque lo cierto es que Susana Carrión apenas me conocía.

Mi padre lo intentó, pero como era de prever no cedió y la convivencia entre ambos quedó suspendida durante al menos tres semanas, espacio temporal que aproveché para conversar un buen rato con él. Se encontraba de nuevo sumergido en su habitual estado de abatimiento que lo acosaba hasta el instante de conocerla que, siendo honesto, debo reconocer se atenuó en gran medida conforme la relación progresaba. Esa favorable circunstancia me hizo comprender que en realidad le gustaba y que, a pesar de que mi opinión sobre ella no había variado ni un solo milímetro, creía que debía intentar recuperar esa aparcada unión.

Vacilaba sobre cuando sería el instante oportuno para hacerlo. Pero al entrar en casa y al encontrármelo triste como una noche lluviosa y oscura, borracho como jamás pude llegar a imaginar, totalmente derrotado, decidí, después de emplear diversos métodos para despejarlo, hablar de un modo decidido y extenso con él. Al preguntarle la razón de tan monumental cogorza me respondió:

—Con cada vaso de güisqui, querido Raúl, mueren centenares de neuronas, aunque no importa porque poseemos millones. Primero mueren las de la tristeza y sonríes en todo momento. Después vienen las del silencio y hablas sin parar, más tarde las de la estupidez y comienzas a ser coherente; las de los recuerdos cuesta borrarlas, permanecen aferradas a nosotros y nos torturan hasta el final.

Ante argumentos de esta envergadura poco se puede añadir y volví a reiterarle las palabras que le dije cuando sucedió la pérdida del *Lorena*, que también le afectó en similar proporción. Le repetí que el camino en la mayoría de las ocasiones lo hacemos solos, a veces sin nadie que ni siquiera nos ofrezca un mínimo de ayuda y consuelo.

—Lo más adecuado no es rendirse ante las dificultades. Lo aconsejable es luchar siempre, ante todos y cada uno de los problemas que se nos puedan presentar.

Si esa mujer de verdad le interesaba debía intentar hacerle ver que su amor era real, que deseaba compartir el resto de su vida con ella y también con su pequeño.

—Déjale bien claro que Rubén no es un simple añadido, que lo amarás y cuidarás de igual modo que como hiciste conmigo.

Le dije que no sufriera por mí, que ya estaba más que acostumbrado, endurecido, y que esas hirientes expresiones no me harían cambiar en ningún caso mis objetivos.

—No temas, nada ni nadie nos apartará. Nos seguiremos viendo, si bien ya no será posible en nuestra casa. Terminaré la carrera, buscaré sin dilación trabajo y un lugar donde vivir e, insisto, nuestra relación en lo fundamental no se verá alterada.

—Gracias, hijo. Gracias por ser como eres. Siempre encuentras las palabras y el momento adecuado para ayudar a un ser que se siente triste, perdido y desconcertado.

Mi trato con mi tío Luis nunca fue demasiado fluido, pero siempre tuve la certeza, la absoluta seguridad, de que, cuando lo necesitara, lo encontraría. Y apareció. Me llamó al poco de enterarse del altercado, sobre todo al conocer de labios de mi padre que no regresaría a casa mientras esa histérica mujer se encontrara en ella. Me expresó su total coincidencia sobre el consejo que le había dado a Víctor, que Susana se mostraba de ese airado modo a causa de lo padecido con su anterior marido. La inseguridad le hacía permanecer en alerta continua, aunque yo como es natural no estaba obligado a soportar sus frecuentes salidas de tono, su reiterada e insoportable irritabilidad.

Me ofreció su casa, todo el tiempo que fuera necesario, así lo pude escuchar de sus propios labios que, como sabía, también estaba solo y que mi compañía sería siempre bien recibida. Agradecí su generosa oferta, que sabía sincera, y acepté compartir su acogedora morada du-

182

rante los fines de semana, de lunes a viernes continuaría en el piso compartido de la capital. Y así lo hice hasta que encontré un empleo estable y pude permitirme alquilar y posteriormente adquirir un pequeño pero confortable apartamento.

Luis habló con él, ya me anunció que lo haría, y en todo momento estuve de acuerdo; los consejos que le ofreció me parecieron acertados, prudentes y especialmente oportunos.

Le contó el ejemplo de un viejo conocido, ya jubilado desde hacía años, cuya obsesión no había sido otra que sus hijos estudiaran sin desmayo, con el único propósito de conseguir el mejor futuro posible. Varios de ellos son en la actualidad eminentes doctores en medicina, otro un destacado diplomático. La pequeña, por la que siente especial debilidad y a la que sin duda más extraña, desempeña su trabajo en una organización no gubernamental a miles de kilómetros de distancia, al otro lado del atlántico.

Que sus hijos lograran tan reputados puestos por supuesto que le llenaba de orgullo. Pero pensaba a estas alturas de su vida, ya viejo y acosado por numerosos achaques, sin la compañía de su querida esposa que lo había dejado tras padecer una prolongada y penosa enfermedad, si su decisión de alentarlos a actuar de esa forma, tan brutalmente competitiva, había sido la más conveniente. Se veía solo y vulnerable, privado del acompañamiento de sus hijos, a los que tan solo podía disfrutar durante sus cortos periodos vacacionales. Por último, le dijo que no quería que a él le sucediera lo mismo. Mientras se es joven y las fuerzas todavía acompañan, la soledad es soportable, y la vejez ya es demasiado dura para además verse forzado a vivirla sin el apoyo de lo que de verdad importaba, de la familia.

También le aconsejó que debería sentarse y conversar con Susana, reiterarle su amor. Preguntarle si ese sentimiento que ya sentía vivo e incondicional era correspondido con la misma intensidad, y que, si la respuesta era afirmativa, debía hacerle ver que no acostumbraba a actuar de ese modo, que prefería mil veces su compañía y la de su precioso hijo antes que la de sus colegas de cervezas y animadas navegaciones.

13

El silencio de Efrén

Elena Sánchez experimentó, escasos días después de ausentarse de casa a consecuencia de su nuevo trabajo, cierta extrañeza al detectar sobre la ceja derecha de su impedido marido una pequeña herida sobre la que, después de meditarlo largamente, no encontró razón alguna que lo explicara.

Mientras el vínculo afectivo entre Víctor y Susana Carrión permanecía interrumpido, mi padre recibiría una llamada telefónica que, por lo inesperado de su contenido, contribuiría a hundirlo aún más. Se trababa de Efrén Blázquez, un asiduo acompañante a presenciar los partidos de fútbol del equipo local, con el que llegó a mantener una estrecha relación. Conocía a través de terceros de las enormes dificultades por las que estaba atravesando desde hacía un tiempo, aunque no imaginaba la severidad de su situación actual. Cuando un amigo común que si lo visitaba con regular periodicidad lo llamó para contarle lo que le había ocurrido, le costó creerlo, llegando a afectarle de manera considerable.

—Atiéndeme con la máxima atención y no me interrumpas porque lo que a continuación te voy a contar te va a poner los pelos como auténticas escarpias —le diría José Valladares, al que le costaba articular las palabras.

Y esto es lo que le trasmitió, sin dejar escapar ni el más mínimo de los detalles.

José ignoraba por el mal momento que estaba pasando y si tenemos en cuenta que Víctor ya se encontraba bastante deprimido por lo de Susana, al escuchar la escalofriante descripción de su relato, se sentiría todavía peor.

Efrén Blázquez, como cada sábado por la mañana, a eso de las diez, cumpliría el ritual —que para él es casi sagrado— de ir a pasear durante un buen rato por el centro de la ciudad. Después de esa plácida caminata se tomaría el desayuno en la cafetería de siempre, en la que trabajaba desde hacía años su amigo Manuel Copena.

Efrén es funcionario del Estado. Una década atrás había conseguido sacar una buena nota en una exigente oposición que le permitiría obtener una plaza de oficial administrativo. La estabilidad en el empleo, un salario que él al menos consideraba digno, le hacía afrontar su día a día con moderado optimismo. No es una persona ambiciosa; Elena, su esposa, tampoco, y esta forma de analizar la vida les servía para vivir con un mínimo de sosiego, sin excesivos sobresaltos.

Y ese día, como era habitual en él, después de caminar por espacio de cincuenta minutos aproximadamente, se dirige al lugar acostumbrado donde, tras recibir el afectuoso saludo de Manuel, se tomaría un vivificante desayuno.

—¿Cómo ha ido todo? ¿Has desayunado bien? —le preguntó Manuel, que se conocían desde que eran adolescentes.

—La verdad es que sí. Los churros y el chocolate, en particular éste último, hoy estaba de lujo, espesito tal y como a mí me gusta y más delicioso que nunca.

—Pues me alegro, Efrén. No sabes lo que me alegro que te haya gustado tanto y que te vayas a casa tan contento.

Y ese era el objetivo de Efrén Blázquez, reunirse con su esposa e hijo para, a eso de las doce del mediodía, ir de compras a un conocido establecimiento de alimentación. Todo sucedería en apenas unos segundos, en el preciso instante en el que intentó ponerse de pie para dirigirse al lugar donde habían quedado con antelación.

Primero sintió un ligero hormigueo en su pierna derecha, una sensación tan extraña que llegó a asustarlo; su cerebro, como acostumbraba, dio la orden, pero esa extremidad se negaba a obedecer. Hasta el punto que al intentarlo de nuevo cayó al suelo después de trastabillarse varias veces. En su caída arrastró la silla y mesa que ocupaba, incluidos la taza vacía del chocolate y el plato que apenas unos minutos antes contenía una deliciosa ración de churros. Debido al estrépito ocasionado, uno de los camareros se acercó con el propósito de averiguar lo que podría haber ocurrido.

—¿Cómo está? ¿Se encuentra bien? —le preguntó al ver el sobrehumano esfuerzo que hacía para tratar de conseguir alcanzar de nuevo la verticalidad.

—Sí, sí, parece que algo mejor. No sé lo que me ha podido haber pasado, nunca me había sucedido nada parecido.

Informado su amigo de lo ocurrido, alarmado, también se dirigió a él para interesarse por su estado.

—¿Seguro que estás bien, Efrén? Lo mejor sería que te ayudara para llegar hasta tu casa, no vaya a ser que la pierna te vuelva a fallar y te quedes por ahí tirado. Espérate un segundo, se lo digo a mi jefe y te acompaño.

No emplearía excesivo tiempo, pues su amigo vivía a poco más de diez minutos de la céntrica y conocida cafetería «Chamonix».

Lo que presumía podría ser un pequeño problema y sobre todo pasajero, que él, tal y como le diría Elena, su mujer, olvidaría en corto espacio de tiempo, se transformaría una vez visitado el centro médico en una más que grave preocupación.

—Mi esposa me dice que esté tranquilo, que esta digamos molestia seguro que no se volverá a repetir. Pero a mí, aunque jamás he sido aprensivo en exceso, quizás porque siempre he gozado de excelente salud, lo cierto es que no podría negar que este asunto me inquieta. La sensación que experimenté el otro día y la posterior caída en el bar, cuando intenté ponerme en pie, fue de todo menos agradable.

—Te haremos algunas pruebas y, de encontrar algo que nos haga sospechar, entonces será el momento de derivarte a un especialista.

—¿Usted creé que podría ser grave, doctora?

—Lo veremos, Efrén, y en el caso de ser confirmado, decidiremos lo más conveniente. Aventurarnos a diagnosticar sin ni siquiera haber visto nada no me parece lo más aconsejable en estos instantes. Revisadas las pruebas radiológicas, de nuevo en la consulta, le diría que lo pertinente era que un especialista en neurología las examinara y decidiera la conveniencia de realizar otras complementarias o comunicarle directamente el alcance de su problema. La doctora Larrea, pese a la insistencia de su paciente, se negó en rotundo a desvelarle lo que ella ya intuía y se limitó a reiterarle que debía esperar, que solo del especialista dependía comentarle lo que opinaba al respecto.

Esa evasiva respuesta, lejos de aquietarlo, solo serviría para intranquilizarlo aún más. Las semanas que transcurrieron hasta visitar al neurólogo fueron muy duras al constatar, durante ese periodo de tensa espera, cómo su pierna derecha no poseía ya la fuerza y estabilidad acostumbrada, de la que había disfrutado en el pasado.

Sentado frente al doctor Gutiérrez Pacheco, junto a su esposa que lo acompañaba, recibiría la noticia que a ninguno de los dos le habría gustado escuchar. La unión de su columna vertebral con la base del cráneo presentaba una malformación microscópica que comprimía la médula espinal, lo que aconsejaba una intervención quirúrgica para intentar liberarla de esa presión y sobre todo de nuevas y más que

189

probables complicaciones. Opinaba que la operación no era grave ni peligrosa en exceso, aunque, como bien podría imaginar, no se trataba de una simple extirpación de amígdalas.

—No se preocupe, Efrén. Le operaremos y en apenas un par de semanas, tras un breve periodo de rehabilitación y algunas molestias por lo general poco severas, podrá darse sus habituales paseos sin mayores complicaciones.

En eso pensaba el alicaído Efrén mientras se encontraba acostado e inmovilizado de cuello para abajo. La intervención, lejos de resultar exitosa, tal y como le había sido pronosticada dos meses antes, desembocó en un fracaso rotundo. Y sería descorazonador escuchar las palabras del médico que lo trató una vez fue trasladado a un hospital de referencia para enfermos con este tipo de problemática. Efrén sería, ante la extrema gravedad de su estado, trasladado con urgencia en helicóptero a un centro para parapléjicos. En su caso era aún peor, ya que, como resultado de esa operación, había quedado tetrapléjico.

Ante la insistencia de Elena, el doctor que les atendió le reveló que el problema residía en que el equipo médico que había intervenido a su esposo no parecía ser el más competente para realizar ese tipo de operaciones, que calificó de exigentes y especialmente delicadas, y que no imaginaba en el estado que su marido había ingresado en el centro, muy próximo a la muerte. Ante su insistente requerimiento de informes que le permitieran denunciar ante las autoridades pertinentes tan mala praxis, tal tropelía, se negaría en rotundo a facilitarle documento alguno sobre lo que llegó a calificar como una auténtica carnicería lo perpetrado en la persona de su cónyuge.

—Solo añadiré que probablemente era la primera vez que acometían una intervención de esta complejidad e importancia. Y la verdad es que lo siento, pero hasta aquí puedo llegar. Créame que no es poco, mucho más de lo que la mayoría de mis colegas se habrían atrevido a decirle.

Añadió que con esa información hiciera lo que pudiera, aunque ella, a través de su esclarecedora mirada, interpretó que no lo iba a tener precisamente fácil.

Trascurridos tres meses, Efrén Blázquez llegaba a su residencia habitual en una ambulancia medicalizada. Su futuro ya estaba marcado y se concretaba en interminables horas sentado en una silla de ruedas adaptada y, cuando su lacerado cuerpo ya no pudiera resistir más, cambiado a una cama especial que le había sido facilitada por la inspección sanitaria. Y en esa situación, sin ya esperar ninguna posibilidad real de mejora, lo único que se podría hacer era evitar la aparición de las temidas escaras. También sufría por su esposa que, salvo la ayuda puntual de una hermana de él, todo el esfuerzo, que era casi sobrehumano, recaía solo en ella. Era un cuerpo muerto, extremadamente pesado, y la espalda de Elena comenzaba a resentirse tras tan descomunal y prolongado cometido.

Cuando creemos que ya nada grave nos puede suceder, que a peor no se puede ir, a veces nos encontramos con la desagradable sorpresa que, siendo muy dura nuestra situación, todavía es susceptible de empeorar. Y lo pudieron comprobar cuando Elena decidió aceptar una oferta de trabajo, solo en horario de tarde, con la intención de complementar la mísera pensión que le había sido asignada a su esposo. Frank, su pequeño de nueve años, ya próximo a los diez, sería a partir de esos momentos el único responsable de cuidar a su postrado padre las horas que ella permaneciera fuera de casa.

—Debes estar pendiente de darle agua de vez en cuando, también las medicinas que suele tomar sobre las seis y, si acaso te lo pidiera, le cambias el canal de televisión. La cena la he dejado ya preparada y se la daré yo cuando regrese a casa.

—Sí, mamá. Le daré agua de vez en cuando y le preguntaré también si quiere que le ponga otro canal.

—Y las medicinas, hijo. Es importante que no te olvides de las medicinas.

—Vale, mamá. Vete tranquila que no se me olvidará.

—Haz lo que te he dicho y pórtate bien, Frank. Ya sé que eres un niño responsable y que harás todo lo que te pido.

Elena Sánchez experimentó, pocos días después de ausentarse de casa a consecuencia de ese nuevo trabajo, cierta extrañeza al detectar en la ceja derecha de su impedido marido una pequeña herida sobre la que, después de meditarlo largamente, no encontró razón alguna que lo explicara. Sería todavía peor cuando, transcurrida apenas una semana, pudo observar que sobre su pómulo izquierdo también presentaba signos de haber sido golpeado. Frank, ante sus insistentes preguntas, confesaba no haber visto u oído nada que pudiera haber originado esas lesiones en el rostro de su imposibilitado padre.

—¿Porque tú me aseguras que no has observado nada raro?, ¿que no sabes de dónde han salido las contusiones que presenta tu padre en la ceja y ahora también en su pómulo izquierdo?

—No, mamá. Solo le he dado las medicinas y agua cuando me la ha pedido y el resto del tiempo he estado haciendo los deberes, como sabes suelo hacer todas las tardes.

Después de haberle reiterado que él tampoco había observado nada que le pareciera extraño, durante la noche, mientras intentaba conciliar el sueño, se le ocurrió una estrategia que esperaba le permitiera averiguar el origen de los hematomas que evidenciaba su esposo y que además crecían cada día. ¿Recibía su hijo a algún amigo o compañero del colegio mientras ella se encontraba ausente o tal vez la visita de un desconocido? Todo eso era lo que pretendía descubrir y en particular al responsable de esa salvajada.

Decidió que ocultarse en uno de los dos armarios empotrados de los que estaba dotado el amplio y luminoso salón de casa, podría ser la solución a un problema que comenzaba a acuciarle hasta el extremo. Se despidió de su esposo y de Frank tal y como acostumbraba cada día, y cuando observó que se adentraba en su dormitorio, se introdujo en uno de los armarios. Dejó entreabierta la puerta lo suficiente para poder verificar cualquiera de las hipótesis que barajaba desde hacía varios días.

Todo parecía estar bien, nadie se había presentado en casa hasta ese momento y ya llevaba encerrada un buen rato en ese estrecho e incómodo espacio. Había podido observar cómo su hijo le facilitaba un vaso de agua con una pajita y que incluso éste, después de haberla absorbido, se había quedado profundamente dormido. Y trascurridas en torno a las tres horas, convencida y resignada de que al menos esa tarde no descubriría la causa que explicara lo sucedido a su marido, de pronto, de manera inesperada, observa cómo su hijo se aproxima a él y, acercando sus labios a su oído derecho, le pregunta en un tono alto y claro:

—¿A qué te gustó el paseo de ayer y también el de los otros días, papi?

Pronunciadas esas breves palabras, giró la silla de ruedas que portaba a Efrén y, de un brusco empujón, la enfiló directa hacia la estantería de caoba maciza que ocupaba un extenso espacio del comedor de casa. Se impulsó con toda la fuerza de la era capaz, adquiriendo ese artilugio gran velocidad, a pesar de que eran cinco tan solo los metros que los separaban. Elena lo intentó con todas sus fuerzas, pero no consiguió evitar ese brutal impacto y tampoco otro posterior, todavía más contundente si cabe, que a su hijo le dio tiempo a poner en práctica.

El grado de desconcierto y angustia que la invadía era terrible, sobre todo después de escuchar la recurrente y enloquecida pregunta que le hacía a su padre, ya con el rostro ensangrentado casi en su totalidad. Se asustaría aún más al mirar en los ojos de su hijo y advertir que parecían estar inyectados en sangre.

—¿Te ha gustado, papi? —repetía el niño sin cesar, tal y como si se tratara de un autómata, un mecanismo de relojería perfectamente sincronizado.

Tras unos segundos de aturdimiento, Elena pondría fin de inmediato a esa cruel escenificación de dolor y al menos logró evitar otros nuevos impactos, pues llegó a temer por la vida de su esposo.

—¡Déjalo, cariño, déjalo ya!

Tras esas atenuadas palabras de su madre, Frank se limitó a agachar la cabeza, y en silencio, dirigió sus pasos hasta su dormitorio del que no saldría durante los siguientes tres días, ni siquiera para comer ni beber.

Restañadas las numerosas heridas que presentaba su marido, las visibles y otras anteriores que escondía su poblado y ondulado cabello, decidió que no le preguntaría a Efrén la razón por la que le había ocultado esas sistemáticas agresiones. Entendía que bastante triste y abatido se encontraría ya con esa penosa situación. Tras tan prolongada y feliz convivencia, éste le contaba con los ojos inundados por las lágrimas que era Frank lo que más quería en el mundo; desde luego que su mejor y más preciada obra.

Ante este atroz relato, el contado por José, su común amigo, Víctor enmudeció por completo, no siendo capaz de articular palabra alguna.

—Lo que me has contado sobre el pobre Efrén es espantoso. Sé que durante varios años mantuviste con él una buena relación de amistad y que, aunque de un tiempo a esta parte estabais algo más distanciados, esta penosa noticia sin duda no ayuda, no favorece la recuperación de tu estado de ánimo. A pesar de todo estamos obligados a seguir. Debes seguir intentándolo.

—Llevas razón, pero créeme que no será nada fácil.

Viendo que el tiempo pasaba y no terminaba de reaccionar, de nuevo me vi obligado a hablar con mi tío Luis y entre ambos hicimos todo posible para que recapacitara sobre su aparcado vínculo con Susana.

Las afectuosas palabras de éste y las mías propias debieron surtir el efecto buscado ya que, consumidos apenas unos días, a través de un breve correo electrónico, mi padre me confirmó que habían retomado su relación.

14

Temí lo peor

Con la segunda recomendación pretendía hacer-
me reflexionar sobre la necesidad de que interiori-
zara que son muchos los que, al igual que yo, se ven
obligados a transitar por una sinuosa y dura exis-
tencia.

Es de sobra conocido que lo que está mal es susceptible de empeorar. Y esa es la sensación que experimentaba cuando regresaba los viernes por la tarde a casa. No lo lograba evitar, a pesar de los meses transcurridos aún me dolía lo de Aten. Sus reiterados mensajes telefónicos interesándose por mi estado reavivaban una llama que todavía permanecía candente en lo más profundo de mi corazón.

En el retiro de mi por entonces acogedor dormitorio, en casa de mi tío Luis, no podía eludir, en los momentos de soledad y abatimiento, hacer repaso a mi todavía corta existencia. Al ver esa sucesión de fotogramas desfilar uno a uno por mi mente, por lo general tristes y amargos, me sentía mal. Qué difícil es vivir así, por alta que sea la muralla que te has construido, por muy claros que tengas los mecanismos de defensa para combatir toda esa suerte de desventuras. Habría sido más fácil y menos doloroso con la compañía y el apoyo de una madre, de Lorena.

Víctor siempre se portó bien conmigo. En él jamás vi a un padre que se desinteresara por mis cosas, que no se alegrara cuando me iba bien y entristeciera si sucedía lo contrario. No podía llegar a todo y yo por mis propios medios me he tenido que defender, hacerme fuerte ante tal cúmulo de adversidades de las que la mayoría, incluido él, jamás llegaron a enterarse.

Fue duro, aquel encuentro en el parque cercano a casa. Mucho peor, especialmente desagradable, la actitud de una madre al ver cómo me aproximaba a ver a su pequeño que reposaba con absoluta placidez en su confortable cochecito. Lo retiró de inmediato con un brusco tirón al advertir mi intención, que no era otra que la de acariciar a su retoño, a un bebé, por los que siempre he sentido especial inclinación. Me hubiera gustado decirles que sus caras de asombro me producían un dolor casi insoportable, que no era ningún un apestado, ni un idiota ni por supuesto un tarado mental. Con esas huidizas miradas me di cuenta que yo tenía mi propia realidad, de la que, por más que me lo propusiera, me sería imposible zafarme.

Durante las distintas etapas escolares por las que tuve que transitar hasta alcanzar mis estudios de Magisterio, también había padecido las burlas de algunos de mis compañeros en innumerables ocasiones. La más espantosa, la que me será imposible borrar de mi memoria, fue la tortura a la que me vi sometido casi a diario por Ernesto Valladares, al que desde el primer instante apodé como el acosador. La experiencia durante meses fue aterradora, el hostigamiento, acoso y derribo demoledor. Todavía me pregunto cómo conseguí resistir sus feroces y reiteradas acometidas. Y como colofón a toda esa suerte de humillaciones constantes, encima tuve que soportar la soberana paliza que me propinó su colega, al que por cierto en ningún momento perturbó que algún viandante presenciara su salvaje y despreocupado modo de actuar hacia mi indefensa persona. Era un ser inferior para Ernesto y así me trató en todas y cada una de las ocasiones en las que estimó que le convenía hacerlo.

Tampoco olvidaré la perversa respuesta de mi ex amigo Alberto, que en todo momento se propuso hacerme pagar por una gamberrada de excitados adolescentes en la que no estuve involucrado, aunque no me importa reconocerlo, quizá no hice lo suficiente por evitarlo. Aún lo recuerdo y fue terrible, denigrante y vergonzoso. Lo que intentó hacer conmigo ante un grupo de compañeros, ante la presencia de varias señoritas de compañía y los expectantes clientes que se encontraban en el interior de la «Rosa Azul», solo cabe calificarlo de miserable y nauseabundo.

Los recuerdos de esas atroces situaciones, la difícil relación con Susana Carrión que hacía hasta lo imposible para no facilitar los encuentros entre mi Víctor y yo, las consabidas dificultades que me originaban los estudios, habían socavado en gran medida mi estado de ánimo y temí que el resultado de los exámenes finales fuera nefasto. Don Hilario Calleja al observar mi mirada triste y acomplejada, la más que evidente ausencia de energías para combatir esa delicada situación, se informó y el resto de profesores le confirmaron mi bajo rendimiento académico de las últimas semanas. De no ponerle solución con prontitud, me acarrearía con toda probabilidad un más que severo tropiezo.

—¿Que te sucede, Raúl? Te veo raro, abatido, sin ilusión, y así créeme que no irás a ningún lado.

Me preguntó si me apetecía que habláramos, que si lo deseaba podríamos hacerlo en su despacho, donde me aseguró conversaríamos sin temor a que nadie nos pudiera importunar.

—Sabes que te dedicaré el tiempo que precises para contarme todo lo que te hace sentirte mal, presentar la imagen de un ser derrotado que se deja vencer sin oponer apenas resistencia ante la primera adversidad que se le presenta.

Don Hilario conocía una parte considerable de mi trayectoria, de lo padecido por mí, y tan solo intentaba amortiguar mi pena, hacerme reaccionar antes que me ocasionara un nuevo y aún más grave quebranto.

Las frases que empleó se ajustaban con precisión a mi alicaído estado de ánimo. Me sentía un ser indefenso, creía que la más insignificante de las dificultades me arrastraría hasta las oscuras profundidades de un pozo sin fondo, del que jamás podría salir salvo que alguien me echara un grueso cabo. Y eso fue lo que hizo, prestarme la liberadora cuerda que me permitió escapar de ese negro y profundo agujero.

—Ya me conoces, Raúl, y sabes que soy hombre de pocas palabras. Mi mujer, mi querida y añorada Rebeca, siempre me ha reprochado mi parquedad. Al mencionar la expresión mi añorada puede que hayas pensado que la perdí, que murió.

No había muerto, aunque su espantosa enfermedad se la había arrebatado desde hacía ya varios años.

—El Alzheimer, Raúl. Con su progresivo y demoledor avance, la ha convertido prácticamente en un vegetal. Apenas puede moverse, ya casi no es capaz de coordinar su mente para expresar una frase, un pensamiento con la mínima coherencia, y lo peor es que ya ni siquiera me conoce. Cuando estoy sentado frente a ella, con mi cara a escasos centímetros de la suya, no sabe realmente quien soy, no sé quien imagina que soy.

Le insultaba y a veces, mientras trataba que ingiera al menos un poco de alimento, también le pegaba.

—Me insulta y me golpea con rabia porque en mí ve solo a un extraño, a alguien desconocido que incluso se atreve a obligarla a que coma, a hacer cosas que en esos instantes no desea.

Sin embargo, en otras ocasiones se limitaba a esbozar una leve sonrisa cuando le daba la comida o la ayudaba a cambiar de postura en la cama.

—La vida a veces es dura, querido amigo. Además de mi angustiosa situación me veo obligado, después de nada menos que cuarenta años de profesión, a perder el tiempo, en vez de estar con ella que tanto me necesita, intentando enseñar a unos cuantos majaderos a los que dudo les pueda interesar algo aprender.

Aprovechaban cuando se volvía hacia la pizarra para meter bulla, para molestarlo, en realidad para faltarle al respeto, y entonces él calla, permanece en silencio hasta que cesa ese desconsiderado rumor.

Le constaba que eran pocos, a lo sumo dos o tres, a los que además ya tenía identificados desde hacía tiempo.

—Me duele, me entristezco enormemente cuando observo ese tipo de comportamientos que en ningún caso creo merecer.

Añadió que éramos unos privilegiados al poder permitirnos estudiar y no deberíamos despreciar esta oportunidad de esa estúpida forma de la que, sin ningún tipo de duda, algún día nos arrepentiríamos.

—De qué les valdrá adquirir conocimientos de otras materias, por relevantes que puedan ser, si no se interesan en la que les imparto; sin la pedagogía no serán capaces de aplicarlos.

Sus argumentadas palabras me hicieron recordar el ejemplo que le puse a mi padre cuando sucedió lo del *Lorena*. Tenía motivos suficientes para encontrarme mal, bien es cierto que no era el único. De nada me serviría actuar de ese modo, regodearme en mis propios infortunios. Y todo lo vi más claro cuando, concluida la prolongada charla con él, me forzó a responder a una pregunta, a una única pero muy importante pregunta.

—Solo debes hacer una reflexión, y no es otra que si deseas ser profesor y dar clase a tus niños, por los que me has confesado sientes especial devoción. Insisto, si ese es el objetivo fundamental de tu vida, si es lo que de verdad anhelas, pelea por ello, siempre con la firme convicción de que lo conseguirás.

Conocía que era un buen aficionado a la música, también a la lectura y al cine, que sabía me apasionaba.

—Te recomendaré dos películas. Dos buenas y decentes historias, bien dirigidas y magníficamente interpretadas, que tienen mucho que ver con lo que hemos hablado y que creo te podrán ayudar a despejar de una vez por todas tus posibles dudas.

Me recomendó que viera *El club de los poetas muertos.* En ella podría comprobar que existen otros métodos de enseñar, muy alejados de los que había podido observar y puede que hasta sufrir por culpa de alguno de sus colegas de profesión durante mi ya prolongada experiencia académica.

En ella vería a un profesor ilusionado, que considera cada clase como una nueva oportunidad, que consigue el respeto e incluso la admiración de sus alumnos. Creía que podría ser un buen ejemplo, de alguna forma ayudar a reafirmarme en mis ideas.

Con la segunda recomendación pretendía hacerme reflexionar sobre la necesidad de que interiorizara que son muchos los que, al igual que yo, se ven obligados a transitar por una dura y azarosa existencia.

—También te aconsejo que veas *El indomable Will Huntig*, donde podrás observar a un joven de similar edad a la tuya y con problemas de variada complejidad y especial gravedad.

El protagonista era un chico inteligente, dotado de altas capacidades, pero al nacer en un entorno adverso, al ser maltratado sistemáticamente por su padre desde su más tierna infancia, se ve forzado a actuar con agresividad ante todo el que se le acerca al creer que le podría causar daño.

—Presta atención a los diálogos, los diálogos son reveladores, de extraordinario interés.

Por si todavía me quedaba alguna duda, debería leer *Las cenizas de Ángela,* del autor de origen irlandés Frank McCourt.

—Una excelente novela autográfica con una potente historia y éxito mundial de ventas. Aprenderás que por negro que se adivine el futuro, cuando se tiene claro el objetivo que se pretende alcanzar y se pelea por él con fuerza y determinación, se suele conseguir lo propuesto.

Concluyó diciéndome que a veces el tren equivocado te lleva al lugar soñado.

Los consejos de don Hilario me sirvieron para despejar un elevado porcentaje de mis iniciales prevenciones. Le asistía la razón. Por desgracia no era el primero ni el único ser humano que sufría; millones lo habían hecho en el pasado y a otros tantos les ocurría en el momento presente y por descontado les sucedería también a otros más en el futuro. El sufrimiento es parte sustancial de la vida, va por lo general unido a ella, aunque a veces tengo la impresión, diría la certeza, de que no a todos les toca en similar proporción, la misma proporción de dolor. Es una incógnita sobre la que no conviene hacerse demasiadas preguntas, malgastar demasiadas neuronas, porque lo cierto es que no tiene fácil respuesta.

Aún me quedaba una herida por cicatrizar, resolver mi relación con Aten Fresneda, que analicé no cerrada de forma adecuada. Desde el instante en el que Julián me dejó claro que me sería imposible obtener de ella algo más que su amistad, dejé de verla. Nuestros encuentros en la cafetería de la facultad cesaron de inmediato. También decidí trasladarme a otro pupitre, todo lo alejado que me fuera posible del que ella ocupaba, y opté por abandonar los paseos que realizábamos por las zonas ajardinadas próximas a la facultad.

En los últimos meses nuestra relación se limitaba a un tímido y lejano saludo con la mano y a los mensajes telefónicos que recibía y que, al dejar de responder, se fueron espaciando hasta desaparecer por completo. Reflexioné al máximo sobre ello, sobre mi modo de comportarme con Aten, que seguro estaría sufriendo por esa absurda e infantil manera mía de actuar. Julián me lo dijo, me dijo con toda claridad que nada podía hacer. Pero no me dejó ninguna duda de su firme deseo de proseguir con nuestra amistad, que siempre había considerado valiosa.

El esperado encuentro se produciría en la biblioteca de la facultad, que era el espacio elegido por mí en la mayoría de las ocasiones para estudiar y también recapacitar sobre mis numerosos y a veces apremiantes problemas.

Recuerdo que fue en la mañana de un jueves, que se despertó frío y brumoso. Nadie me acompañaba, el silencio más absoluto y si se quiere sobrecogedor presidía ese templo del conocimiento. Al advertir unos pasos alcé la vista y la pude ver tan atractiva como de costumbre, y al percatarse que la había visto entrar, me dedicó su habitual y subyugante sonrisa. Cuando alcanzó la mesa en la que me encontraba se detuvo, posó con estudiada suavidad una de sus delicadas manos sobre mi hombro derecho y, acercando sus labios a uno de mis oídos, me susurró que necesitaba hablar conmigo.

—Así no podemos continuar, Raúl. Eres un ser sensible, bueno y generoso y toda esta sinrazón no tiene ningún sentido, debemos resolver esta situación cuanto antes. Existen personas que no creen posible la relación entre un hombre y una mujer de no concurrir amor o atracción física que la impulse.

Sabía que no sería fácil, si bien no veía ningún obstáculo que nos pudiera resultar insalvable para que ella y yo fuéramos amigos, amigos de verdad y sobre todo para siempre.

Tal vez me costara creerlo, pero Ricardo, su apuesto novio, a cada poco le preguntaba qué pasó con ese amigo que tenía, del que tanto y tan bien le hablaba y que de pronto, sin dar ningún tipo de explicación, sin motivo aparente alguno, se había desvanecido por completo de su vida.

—Tuya es la decisión, y poco puedo hacer si tú no lo deseas. Comprendo que te cueste, que has sufrido muchísimo por mi culpa. Insisto, yo quiero verte, contarte mis dudas y compartir contigo mis penas y alegrías, que seas el hermano que jamás tuve. Eso es lo que busco, lo que te propongo, Raúl.

Mi respuesta ante su sugestiva proposición que juzgué en todo momento sincera, fue una tímida y esclarecedora sonrisa, a la que ella respondió regalándome dos sonoros besos en ambas mejillas, seguido de un prolongado y apretado abrazo. No sería sencillo y por esa razón le solicité tiempo, algo más de tiempo, y me comprometí a que a partir de ese instante respondería a todos sus WhatsApp. Transcurridos varios meses, ya finalizando tercero de carrera, retomamos nuestros encuentros que se produjeron en ocasiones a solas y en otras en compañía de Ricardo, del que también llegué a disfrutar de su franca y leal amistad.

15

Mi primer día de clase

Contemplar ese lugar logró tranquilizarme al creer que la persona que lo utilizaba debía ser equilibrada, a la que no le importaría mi peculiar envoltura, que solamente me juzgaría por mis capacidades.

Los atinados consejos de don Hilario Calleja, conocer que lo tendría a mi lado cuando me surgieran las dudas, observar a Víctor menos triste, porque pretender aproximarse a la felicidad plena con un ser como Susana Carrión se me antojaba harto complicado, me hacía ser optimista. Por lo visto a él le era suficiente y yo, sobre ese asunto, decidí no hacer comentario alguno. Hablábamos por teléfono con regularidad, quedábamos para ver los partidos de fútbol del equipo local y para tomarnos alguna cerveza fresquita que otra. De ella comentaba poco, en realidad apenas nada. Decía sentirse encantado con Rubén, cuyo amor hacia él crecía cada día.

La normalización de mi relación con Aten me hizo bien, serenarme por completo, y gracias a estas favorecedoras circunstancias encararía la recta final de mis estudios con renovados bríos. El tiempo pasó rápidamente y cuando vine a darme cuenta me encontré con el maravilloso placer de haber concluido mi carrera de Magisterio. Lo hablé con Julián, también con Aten y Ricardo, cómo no con mi padre. Y a todos, en una reunión convocada a tal efecto, les comuniqué mi firme deseo de buscar lo antes posible un colegio donde poder poner en práctica mis recién adquiridos conocimientos de maestro en la especialidad de educación infantil.

Ricardo fue el único que apuntó la conveniencia de proseguir esforzándome hasta obtener la plaza de profesor por oposición. Le agradecí la sugerencia, sobre la que ya había meditado durante largo tiempo, aunque al final optaría por descartarla. El empeño hasta lograr obtener ese ansiado objetivo había sido enorme, en algunos instantes no dudaría en calificarlo incluso de sobrehumano. Solo me machacaría para hacer con mis niños el mejor trabajo posible, para prepararme para afrontar mi futuro con ellos con la máxima ilusión.

Fueron numerosos los centros escolares a los que envié mi aún escuálido currículo. Quizás por esa razón no se interesaron por mí. No me importaría reconocer que alguno me debió rechazar al advertir la imagen que presentaba, digamos que mi más que evidente singularidad. En otros tal vez porque ya debían tener la totalidad de las plazas ocupadas.

Cuando comenzaba a temer que durante el próximo año sería difícil, poco menos que imposible, recibí la llamada de don Hilario interesándose por cómo me iba la búsqueda de trabajo. Le respondí con sinceridad, que lo veía harto complicado, y fue él quien me facilitaría una cita con Ana Bravo, que por aquella época dirigía el colegio «Virgen de las Nieves» que era gestionado en régimen de cooperativa. Le hice ver que también lo había intentado en ese centro, que ni tan siquiera se molestaron en responder Y entonces insistió para que lo visitara, que la antigua amistad que mantenía con su directora le permitió conseguir una reunión.

Me aconsejó que actuara con naturalidad y procurara transmitirle mi capacidad de entrega, amor e ilusión por trabajar con los niños. Una breve visita a la estación del ferrocarril, pasear sin prisas por sus añejos y evocadores andenes, que llevaba a cabo con cierta regularidad, me proporcionó los ánimos suficientes para afrontar esa trascendente entrevista con relativa normalidad.

La primera impresión que recibí al adentrarme en el despacho de Ana Bravo, que me aguardaba de pie junto a su mesa, fue de total armonía. Nada pude observar que desentonara en ese espacio. Cada uno de los objetos que lo poblaban había sido elegido con sumo cuidado, sin duda para cumplir un premeditado objetivo. La mesa de trabajo, sobria y de buen gusto, se encontraba perfectamente ordenada. Los sillones que se hallaban frente a ella, así como el sofá, alfombras, los cuadros que colgaban de sus paredes, también lámpara y cortinas, componían un equilibrado conjunto sobre el que no pude ver nada que pudiera ser calificado de disonante. Contemplar ese armónico lugar logró tranquilizarme al creer que la persona que lo utilizaba debía ser ponderada, a la que esperaba no le importara mi peculiar envoltura, que solo me juzgaría por mis posibles capacidades.

—Debo reconocer que la información facilitada por don Hilario Calleja sobre usted es interesante desde todos los puntos de vista. Me cuenta que es un trabajador nato, que le encantan los niños y que su dedicación hacia este centro no se limitará a cumplir con las horas lectivas que según la ley le correspondan.

También conocía que mi vida no había sido precisamente fácil y que, pese a esa sucesión de constantes problemas y adversidades, había sabido sortear esos obstáculos con tenacidad e irreductible fe en mis posibilidades.

—He estado meditando sobre la conveniencia de atender su recomendación y le comunico que don Hilario fue también profesor mío hace años durante varios cursos.

La excelente opinión que siempre había tenido de él, es lo que le había hecho decantarse por la opción de considerar mi solicitud y descartar la de otros que seguro también ambicionaban este codiciado puesto.

—En principio le ofrezco sustituir a una compañera que cursará baja por maternidad por un periodo no inferior a cuatro meses.

—No sabe cómo le agradezco que me proporcione esta maravillosa oportunidad. La aprovecharé al máximo, sobre eso no debe tener la más mínima duda.

Mientras escuchaba a esa mujer de recortada estatura, enjuta de carnes y de cabello negro y corto hasta el extremo, de mirada serena, limpia y directa, no podía creer lo que me estaba pasando. Tendría al menos una posibilidad que no desaprovecharía bajo ningún concepto y sin ni siquiera pestañear prosiguió diciendo:

—También he sido informada de sus temores al pensar que el presentar un aspecto, digamos diferente, podría suponerle una dificultad añadida.

Me aclaró que en ese sentido no debería preocuparme, que en su empresa estaban por encima de todas esas cosas.

—Nos importa, no lo olvide, que su labor repercuta en la mejor captación posible de las materias por parte de los alumnos.

Y lo que esperaban de mí es que supiera ganarme la confianza de los niños.

—Sin ese crédito, todo lo demás no valdrá para nada.

—Créame que si le digo que haré lo que esté en mi mano para no defraudarla.

No aspiraban a ser una fábrica que produjera cerebritos en serie. No lo pretendían, trabajaban con la firme idea de formar a seres humanos en toda su amplia y variada complejidad. Ocuparse de todo lo relacionado con los valores y conseguir que se sintieran felices que, aún con las puertas abiertas de par en par, ninguno de ellos se viera impulsado ni por un instante a abandonar el centro. Ese era un objetivo por el que luchaban desde hacía años sin desmayo, con todas sus fuerzas.

—Cuando se actúa de este modo, se suelen obtener los mejores resultados. Para concluir le diré que, de quedar satisfechos con su trabajo, ese periodo de prueba podría ser reemplazado por un nuevo contrato que tendría la particularidad de ser indefinido.

Lucas Rivas era un profesor que se encontraba cercano a su jubilación y yo podría ocupar su puesto si, como me había sido manifestado, quedaban complacidos con la labor desarrollada.

—Dentro de dos semanas, el próximo dos de septiembre, le espero a las ocho y media en punto en este mismo despacho.

Después de ponerme al corriente de algunos asuntos relacionados con el funcionamiento del centro podría comenzar el trece, que es cuando en realidad darían inicio las clases. Con posterioridad me presentaría a mis alumnos que me aseguró me dejarían absolutamente fascinado.

—El dos de septiembre, a la hora que me ha indicado, me tendrá de nuevo aquí puntual, ilusionado por conocer todo lo relacionado con mi trabajo.

Lo primero que hice fue llamar a don Hilario Calleja para agradecerle su decisiva ayuda, ambos sabíamos que sin ella no hubiera sido posible. Con su habitual humildad me respondió que no era nada, que apostaba sobre seguro, en la confianza de que no le decepcionaría. A continuación, se lo comuniqué a Víctor, y su manifestación de alegría fue tal que incluso a través de la línea telefónica pude advertir sus desbordantes muestras de entusiasmo ante una noticia que no dudo en calificar de extraordinaria desde todos los puntos de vista posibles.

Escuché como le contaba lo sucedido a Susana, que le respondió con un lacónico «Muy bien, ya tienes a tu nene colocado». Mi entrañable amigo Julián recibió la noticia con similares muestras de júbilo, y me hizo comprometerme (la buena nueva según él merecía eso y mucho más), a invitarlo a almorzar en el restaurante más caro y renombrado de la ciudad. Cuando marqué el número del móvil de Aten Fresneda, contestó Ricardo que, después de felicitarme con sinceridad, le pasó el teléfono. Me dijo que lo sucedido era lo más parecido a un sueño, un maravilloso sueño del que debía disfrutar con la máxima intensidad, que no me estaban permitidas las dudas después de sortear tan numerosos y complicados obstáculos. Esa era mi oportunidad, sin duda mi gran oportunidad.

Sin embargo, no pude evitar, a pesar de las muestras de alegría recibidas por las personas que más me importaban, no pude eludir sentirme mal al pensar en Alberto, con el que apenas había intercambiado algunas frases desde el incidente acaecido en el viaje de estudios a París, aunque no ignoraba que se veía con Julián con cierta regularidad. De igual modo que tenía asumido desde edad muy temprana que la muerte es un hecho insoslayable, también era conocedor de que la felicidad plena no existe, que solo podemos aspirar a gozar de momentos felices. Tal vez por esa razón no me sorprendió que no se pusiera en contacto conmigo.

Esas dos semanas transcurrieron a velocidad de vértigo, y la sensación de que la traicionera ansiedad se estaba apoderando de mí crecía en similar proporción. Al mismo tiempo, para intentar combatir sus indeseables efectos, me imaginaba en mi nueva clase, rodeado de niños deseosos por conocerme. Lo que si confesaré es que la noche anterior a mi presentación no conseguí conciliar el sueño hasta altas horas de la madrugada. No podía sospechar, en esos instantes de sentimientos encontrados, que todavía me aguardaba una sorpresa, una excepcional y maravillosa sorpresa.

Y el dos de septiembre, después de haber conversado brevemente con Ana Bravo en su despacho, ya puesto al corriente sobre los mecanismos fundamentales por los que se regía el centro, sobre los que afectaban en particular a mis nuevas obligaciones, ya creía encontrarme preparado para iniciar las clases.

El trece de ese mismo mes, a las nueve horas, tal y como se comprometió la directora, me acompañó hasta la que sería mi aula durante al menos cuatro meses, donde los niños algo excitados ya ocupaban sus respectivos pupitres. Cualquier atisbo de preocupación o nerviosismo desapareció casi por completo al contemplar a esos veintidós párvulos, a esos maravillosos diablillos.

Los había rubios de cabello ensortijado, de piel morena y pelo liso; niñas con larga y ondulada melena y hasta a un pelirrojo me pareció ver. Y entre ellos también pude advertir la presencia de una niña de color y otra de procedencia oriental, así como otros dos de origen magrebí y todos sin excepción tenían su expectante mirada fijada en mí humilde persona.

Los cincuenta y cinco minutos posteriores se desarrollaron dentro de los cauces de la normalidad, todo un logro para quien los imaginaba preñados de nervios y preocupación. Aquella primera clase se limitó a profundizar en el conocimiento mutuo y poco más. La sorpresa, la inesperada sorpresa se produjo cuando los niños ya se encontraban en el patio disfrutando del periodo establecido de recreo y yo me dedicaba a recoger mis cosas, feliz y ya totalmente relajado. Nada podía sospechar, y después de recorrer los escasos cinco metros que me separaban del pasillo central donde se hallaban ubicadas el resto de las aulas, me topé con ellos junto a la puerta, que esperaban impacientados a que hiciera acto de presencia.

Pude ver a mi querido padre, que hacía ímprobos esfuerzos para contener las lágrimas. También a Julián, a Aten y a Ricardo y por supuesto al artífice de este magnífico día, a don Hilario, que me confesó entre abrazo y abrazo que jamás se habría perdonado perderse tan excepcional acontecimiento. Pero hubo más, y fue gracias a los buenos oficios de Julián que se encargó de convencer a Alberto Aguilera para que les acompañara. Me dijo al oído, una vez aquietados, que apenas se vio obligado a insistirle.

A mis treinta años recién cumplidos afronto el futuro con renovada ilusión junto a Víctor, hasta donde me sea posible, y sobre todo junto a Aten y a Ricardo, su esposo. Soy extraordinariamente feliz cuando los visito, sin fallar, una vez a la semana. Su pequeño Sergio me dice que soy su tío Raúl y disfruto con sus juegos, con sus espontáneos abrazos, hasta el extremo que en esos instantes no imagino que otra cosa mejor me pueda suceder.

El goce fue completo cuando, un año después, me comunicaron que habían rellenado la correspondiente solicitud de ingreso de Sergio en el «Virgen de las Nieves» y que les haría especial ilusión que yo le diera clase.

Vivo solo, con la única compañía de mi gato, al que decidí llamar *Bucéfalo*, el equino más famoso de la historia, el caballo preferido del gran Alejandro Magno, además de con mi música y mis libros. Mi colección de pelis crece cada día, diría que a velocidad de vértigo. Y desde mi confortable sofá y a través de la pantalla de un televisor de buen tamaño y de alta resolución, las disfruto a solas o en compañía de Julián cuando visita la ciudad aprovechando sus periodos vacacionales. Cuando se produce esa feliz circunstancia, no olvidamos avisar a Alberto que por lo general no suele fallarnos.

Pasado un tiempo, ya conseguida la ansiada estabilidad laboral, adquirí un apartamento de no demasiados años y en buen estado de conservación; un pisito cómodo y de suficientes dimensiones que colma todas mis necesidades y cuya hipoteca abono mes tras mes sin excesivos agobios.

Mis continuos paseos por el Centro Histórico de mi bella y añeja ciudad me estimulan, adoro a mis niños, nada más me atrevo a pedir a la vida. Quién me iba a decir hace unos años que iba a llegar hasta donde estoy, conseguir lo tan largamente ambicionado, para un ser predestinado a un futuro al menos complicado y que nació, según algunos, seriamente perjudicado.

Esta edición de
«Parecía una diosa griega»
de José Espinosa Martínez
se acabó de imprimir en mayo de 2025

alfaqueque

(Del ár. hisp. alfakkák, y este del ár. clás. fakkák)

1. m. Hombre que, en virtud de nombramiento de autoridad competente, desempeñaba el oficio de redimir cautivos o libertar esclavos y prisioneros de guerra.

2. m. Aldeano o burgués que servía de correo.